AF603901

EL CANTO DE LAS MARIPOSAS

Moisés Muñoz

EDIQUID

EL CANTO DE LAS MARIPOSAS

Editado por: Corporación Ígneo, S.A.C.
para su sello editorial Ediquid
José Olaya 169, Ofic. 504, Miraflores. Lima, Perú
Primera edición, septiembre, 2024

ISBN: 978-612-5160-52-2
Tiraje: 50 ejemplares

Hecho el Depósito Legal en la Biblioteca Nacional del Perú N° 2024-08451
Se terminó de imprimir en septiembre del 2024 en:
ALEPH IMPRESIONES SRL
Jr. Risso Nro. 580 Lince, Lima

www.grupoigneo.com
Correo electrónico: contacto@grupoigneo.com | Teléfono: +51 955 071 270
Facebook: Grupo Ígneo | X: @editorialigneo | Instagram: @grupoigneo

Colección: Nuevas Voces

Índice de contenido

Prólogo........9
Capítulo 1........11
Capítulo 2........17
Capítulo 3........21
Capítulo 4........26
Capítulo 5........32
Capítulo 6........36
Capítulo 7........42
Capítulo 8........46
Capítulo 9........51
Capítulo 10........56
Capítulo 11........60
Capítulo 12........64
Capítulo 13........70
Capítulo 14........73
Capítulo 15........78
Capítulo 16........82
Capítulo 17........86
Capítulo 18........90
Capítulo 19........94
Capítulo 20........99
Capítulo 21........103
Capítulo 22........107

Capítulo 23 111
Capítulo 24 114
Capítulo 25 118
Capítulo 26 122
Capítulo 27 126
Capítulo 28 130
Capítulo 29 134
Capítulo 30 138
Capítulo 31 143
Capítulo 32 148
Capítulo 33 152
Capítulo 34 156
Capítulo 35 160
Capítulo 36 164
Capítulo 37 168
Capítulo 38 171
Capítulo 39 176
Capítulo 40 180
Capítulo 41 184
Capítulo final 189

Todos los buenos deseos que subyacen en el corazón de Renata y sus anhelos ilimitados de amor, que entrega día y día, con especial dedicación a Gilbert, tienen como fuente inspiradora a mi adorada Angélica, a quien dedico la siguiente historia de vida que marcó el destino de los protagonistas.

Para ella, con todo mi amor.

Prólogo

Entre los distintos significados de la palabra «canto», como la acción de cantar, hay uno que poco se utiliza: el de extremidad o lado de alguna cosa.

A partir de esta acepción, todas las cosas de la naturaleza tienen un canto, cuando nosotros podemos apreciarlas solamente de lado.

A su vez, una de las características de las mariposas, como integrantes del universo de los insectos, es su permanente transformación: de huevo a oruga, de oruga a crisálida y de crisálida a mariposa.

Es decir, su metamorfosis es impresionante, en especial entre el paso de oruga a mariposa, donde la primera pasa sin pena ni gloria su breve ciclo, a diferencia de la mariposa que constituye una obra de arte de la naturaleza por su belleza incomparable.

De lo dicho, filosóficamente uno podría preguntarse qué podemos observar cuando dicho insecto lo observamos solamente de lado.

Quizás, en un momento de su ciclo vital, nos sería difícil identificarla, porque se podría visualizar una oruga cuando ella es mariposa o, simplemente ver a una mariposa, en circunstancias que todavía es una oruga.

Las personas podrían ser analizadas también desde esta perspectiva.

Disfruten este canto de las mariposas.

CAPÍTULO 1

Se miraron fijamente unos segundos, abstrayéndose por ese instante de todo lo que acontecía a su alrededor y, luego de una mirada lasciva y profunda, cerraron sus ojos y, al mismo tiempo, sellaron este momento inolvidable con un beso apasionado.

Al unísono, brotaron también de manera espontánea aplausos de los cientos de concurrentes que presenciaban la escena, con lo que se ponía fin a la ceremonia religiosa que declaraba a Renata y a Gilbert marido y mujer.

Tomados de la mano, bajaron del altar e iniciaron el recorrido por el largo y amplio pasillo de la Iglesia de los Sagrados Corazones de París, que los conducía a la entrada principal, donde otro centenar de personas se agolpaban para felicitarlos por dicho acontecimiento.

El sacerdote Gastín, a la distancia, con su rostro enjuto y figura desgarbada, miraba con entusiasmo a los novios que se desplazaban con lentitud sobre la alfombra fucsia, sintiéndose también congratulado por haber participado de este magno evento y, con gestos evidentes de satisfacción, les había deseado lo mejor a esta novel pareja que emprendía una nueva etapa en sus vidas.

Era el sábado 20 de mayo de 1995.

Renata, atractiva y tierna muchacha de 23 años, con estudios avanzados en decoración, era una más de los inmigrantes que habían ingresado a Francia, proveniente de Albania, a esa fecha ciudadana francesa, pero cuyos orígenes eran desconocidos para la muchedumbre. Hasta entonces, para muchos era una desconocida joven residente de París, que con regularidad pululaba los centros nocturnos de Montmartre, en las agitadas noches parisinas, en compañía de su inseparable amiga Lucién, hasta que conoció al atractivo periodista Gilbert Nicolleux, con quien llevaba tres años de noviazgo.

Una vez concluida la ceremonia religiosa, los festejos de la boda se prolongaron en los célebres salones del Jordán, un lujoso hotel ubicado en la avenida Montaigne, del mismo barrio de Montmartre.

Cuando la velada estaba en su apogeo, a los oídos de Gilbert llegaba un comunicado, mientras este disfrutaba de un baile en compañía de su prima Geraldine.

—El jefe te necesita a las 09:00 en punto, en el lugar de costumbre —expuso Bartholomé, un joven de impecable terno azul marino que también participaba de los festejos.

Gilbert, sin perder el entusiasmo por el baile que desplegaba, como tampoco dando asomo de perturbación ni asombro por el comunicado recibido, solo se limitó a agradecer a Bartholomé por esa información y delicadeza, susurrando escuetamente:

—No esperaba esta comunicación.

Gilbert Nicolleux, en su calidad de periodista desde hacía aproximadamente un lustro, a sus 32 años era conocido como un destacado profesional, encargado de cubrir los acontecimientos sociales más llamativos de la sociedad europea, en especial la francesa, por lo que no era extraño que a menudo lo comisionaran a diversas ciudades y países a recabar los sucesos que causaban más sensación en la élite social. Pero nada hacía presumir que en plena boda necesitarían de su presencia.

—Mi amor, ha sido una noche maravillosa, me siento muy feliz y a ti también te he visto disfrutarla al máximo —fue el comentario que hizo Renata a Gilbert, acercándose sonriente y llevando en su fina mano derecha una copa de champán de Loire, que compartió con su marido, cuando este último acababa de concluir su baile con Geraldine.

—Sí, así es, todo ha resultado como lo soñamos y deseo que nuestra felicidad sea eterna —respondió Gilbert.

—Lo va a ser, no te quepa duda alguna —replicó Renata, besando por enésima vez los labios de su cónyuge.

Sin embargo, Gilbert, aunque no lo aparentaba, estaba preocupado por la reunión a la que lo habían citado inusualmente en pocas horas más, acontecimiento ignorado en su totalidad por Renata, por lo que trató de buscar el momento propicio para comentarle tal hecho, que de seguro incomodaría de sobremanera a su consorte, con quien tenía planificada la luna de miel de quince días en la paradisíaca isla Boran, ubicada en el corazón de la Polinesia Francesa del Pacífico Sur.

Durante esta jornada, Renata había aprovechado por primera vez para compartir más tiempo con los padres de Gilbert, el abogado penalista Paul Nicolleux y la bióloga marina Andrea Remond, a quienes solo había visto en esporádicas ocasiones, entrecruzando más que nada saludos formales. En todo caso, tampoco había interés de Renata de confidenciar toda su vida con personas que pertenecían a otro mundo, muy distinto a aquel de donde provenía, aunque de parte de los progenitores de Gilbert sí había curiosidad por contar con más información acerca de Renata, en especial de carácter familiar, por desconocer absolutamente antecedentes personales de quienes conformaban su núcleo más cercano, en especial, quienes eran sus padres, ambos ausentes de este magno evento nupcial.

—Tanto mi padre como mi madre fallecieron hace varios años, careciendo de hermanos, por lo que mi familia era muy reducida —fue la lacónica respuesta dada por Renata, ante la consabida pregunta acerca de la ausencia de sus padres en la boda.

En todo caso, los diálogos que se produjeron durante la fiesta entre ellos nada de profundo tenían y, además, eran abortados permanentemente por los múltiples invitados que saludaban a la novia, la sacaban a bailar o le lanzaban al viento algunas frases coloquiales.

Gilbert miraba el reloj y observaba que la hora avanzaba presurosamente y no encontraba el lugar ni el momento oportuno para hacerle saber a Renata que tendría que ausentarse en las primeras horas de la mañana.

Los novios tenían proyectado salir de París a las 15:00 horas de ese mismo día desde el aeropuerto Charles de Gaulle hacia la isla Boran y el reloj ya marcaba las 04:15 horas de la madrugada, por lo que Gilbert comenzaba a inquietarse, aunque externamente su tensión la simulaba a la perfección.

En un instante se decidió afrontar la situación, tomando de la mano a Renata, la encaminó sonriente y con picardía a una sala contigua al salón donde compartían los pocos invitados que todavía disfrutaban de la fiesta. Deseaba Gilbert hablarle a Renata de la necesidad de ausentarse del hotel por un breve lapso y creía que la ocasión para ello era ahora, la primera vez que iba a estar a solas con Renata desde que esta última se había transformado en su mujer.

Renata, radiante de felicidad y con plena energía para continuar varias horas más disfrutando su matrimonio, se dejó llevar por Gilbert hasta que ingresaron a un pequeño vestíbulo que a la par se ubicaba dentro de esta habitación, donde la novia, sin rodeo alguno, acicateada por el champán y otros licores que se había servido, más los numerosos brindis en que había sido partícipe, tomó la corbata marrón de Gilbert y en un santiamén lo despojó de toda la indumentaria adicional que llevaba consigo su marido. Enseguida, frenéticamente, con sus manos y cuerpo excitó por doquier a Gilbert, quien sucumbió a los pocos segundos a la voracidad sexual de su mujer.

Fue intenso, placentero y lujurioso este primer encuentro sexual de casados para ambos, pero se apartaba totalmente del fin inmediato que perseguía Gilbert cuando apartó a Renata a este solitario lugar.

No pudo comunicarle ni tampoco lo iba a hacer durante la media hora de pasión vivida, ni en estos instantes en que Renata se veía rebosante de felicidad, por lo que, luego de volver a vestirse y reinsertarse con los invitados, que en un número muy reducido quedaban, Gilbert volvió a mirar su reloj, que marcaba las seis de la mañana.

—Querida, es hora de que nos retiremos a nuestra habitación —expuso Gilbert a una Renata que se veía dichosa, pero que ahora mostraba signos de cansancio por la extensa y placentera jornada vivida.

—Está bien. Es una hora prudente para que descansemos y podamos luego hacer abandono del hotel a disfrutar nuestra luna de miel —respondió una calmada y risueña Renata.

Un ademán con su cabeza hizo Gilbert y también esbozó una leve sonrisa a Renata, en los instantes que, tomados de la mano, se despidieron de las últimas personas que también se predisponían a retornar a sus destinos de origen.

Entre estas últimas invitadas a la fiesta de boda estaba aún Lucién, la entrañable amiga de Renata, de quien se despidió amistosamente y, cuando lo hacía, aprovechó a susurrarle al oído a Renata:

—Devóralo... devóralo antes que se duerma.

Renata solo se limitó a sonreír con discreción.

Gilbert y Renata sabían que en pocas horas más tenían que abandonar el hotel Jordán, que los había cobijado un par de días y había servido, asimismo, para disfrutar y ser el lugar de encuentro de su fiesta matrimonial.

Empero, los lugares de destinos que rondaban en la mente de los flamantes esposos eran muy distintos.

CAPÍTULO 2

Acurrucaron armoniosamente sus cuerpos en la amplia cama que los iba a cobijar por un par de horas más, donde Renata, vencida por el sueño, el cansancio y el alcohol ingerido, se quedó dormida a los pocos segundos, después del consabido beso con Gilbert, con el cual se dispuso a entregarse a los brazos de Morfeo.

Gilbert no tenía ese propósito, aunque por él no habría venido nada mal un reponedor descanso después de una jornada extensa y agitada, donde estuvo sobreexpuesto ante todo el mundo que participaba en su boda, avatares a los cuales no estaba acostumbrado y, peor que ello, detestaba mostrarse en público. Lo suyo era el recato, la reserva, el anonimato, virtudes que en su momento fueron algunos de los imanes que sedujeron a Renata.

Si bien no pudo confidenciarle nada a Renata, no le quedó otra alternativa a Gilbert que ausentarse del hotel Jordán de manera subrepticia. Para ello, miró con sigilo una vez más su reloj y, percatándose de que eran las 06:18 horas, simuló dormirse hasta verificar que Renata en efecto hiciera lo mismo.

Una vez que aquello acaeció, con mucho cuidado comenzó a moverse de la cama para escabullirse, tratando de no despertar a su acompañante. Aprovechó un pequeño haz de luz que penetraba desde el exterior por el cortinaje de la habitación, lo que le permitió desplazarse por ella sin riesgo a tropezar ni generar ruidos, cogiendo en su trayecto la chaqueta y demás indumentaria que había dejado sobre una silla, justamente con este singular objetivo.

La manilla de la puerta de la suite la movió silenciosamente, abriéndola un poco, lo suficiente para que cupiera su cuerpo y, en un par de minutos, con la chaqueta y el resto de su vestimenta, se desplazó desde el décimo quinto piso en que se encontraba la suite matrimonial al décimo piso, donde se internó por un pasillo que daba a una sala donde funcionaba un vestíbulo, lugar en que se dispuso a dormir hasta las 08:00 horas, utilizando para ello una alarma de reloj que ahí estaba instalada.

La preocupación por no dormirse profundamente y llegar tarde a la cita, como asimismo la inquietud por la reacción que pudiera tener Renata cuando se percatara de su ausencia, no lo dejaron descansar lo suficiente.

Cuando el reloj marcaba las 08:00 horas, se vistió, utilizó un espejo para verse lo más presentable y sacó de su chaqueta unos lentes oscuros que ocultaron sus ojos irritados y somnolientos, para encaminarse hasta el *hall* del primer piso del hotel, donde solicitó hacer una llamada telefónica.

—Julián, ¿eres tú? —preguntó Gilbert dos veces a la persona que al otro lado de la línea contestaba el teléfono.

—¿Quién habla? —se escuchó.

—Soy Gilbert. ¿Tú eres Julián? —inquirió de nuevo.

—Exactamente. Si hablas desde el hotel Jordán, quédate ahí, te pasaremos a buscar en quince minutos más. Espéranos en la vereda del frente, la que da a la calle Brugge —concluyó finalmente el interlocutor.

Gilbert encaminó sus pasos con lentitud hacia el exterior del hotel, cruzó la calle y se dedicó a esperar al vehículo que lo trasladaría prontamente donde su jefe.

En menos de diez minutos se aproximó el Mercedes Benz azulino y con vidrios polarizados, que recogió en un par de segundos a Gilbert, trasladándolo durante unos 20 minutos al Regency Club, un edificio de arquitectura clásica, ubicado en los confines del centro oeste de París.

—¡Bienvenido, señor Gilbert, y felicitaciones por su nuevo estado civil! —fue el recibimiento expresivo que le brindó Monsieur L, que permanecía recostado en el sillón que formaba parte de su confortable oficina, ubicada en el décimo piso del edificio—. Veo que ha sido cumplidor, ha llegado antes de la hora indicada. ¿Tienes mucha premura? —continuó interrogando el jefe, mientras se rascaba su cabeza rapada.

—Debo salir de luna de miel en un par de horas a la isla Boran, como usted me lo sugirió —contestó Gilbert—. Espero sus instrucciones —añadió.

Monsieur L se paró del sillón, caminó hacia un escritorio Carlos V adosado a la pared, sacó una llave de uno de los bolsillos de su pantalón y abrió un pequeño cajón desde donde tomó un sobre cerrado que entregó en sus manos a Gilbert y, mirándolo fijamente a los ojos, añadió:

—Dentro de este sobre encontrarás todas las instrucciones necesarias. Espero que cumplas esta misión, como siempre lo has hecho.

Algo sorprendido por la oportunidad en que se le requirió, balbuceó y luego, con pasmosa seguridad, dijo:

—Pierda cuidado, no lo defraudaré —concluyó Gilbert.

Seguidamente, salió de prisa de vuelta al Jordán, esperando encontrar a Renata dormida para no despertar sospecha de nada. Eran las 09:15 horas del 21 de mayo de 1995.

Al llegar al hotel, tuvo la suerte de encontrar a Renata tal como la había dejado, por lo que se dispuso nuevamente a entrar a la cama a compartir su aposento, con absoluto cuidado. En ese instante, Renata sintió que Gilbert se incorporaba a la cama y, media dormida, le consultó:

—¿Qué pasa, amor? ¿Dónde estabas?

—Bajé un momento al salón buffet a ingerir líquido porque tenía mucha sed y necesitaba aplacarla —le respondió algo compungido Gilbert.

—Y te demoraste más de una hora en saciar tu sed —repuso una intrigada Renata.

Gilbert estuvo a punto de perder la compostura al escuchar estas palabras. Pensó que de seguro Renata se percató cuando hizo abandono del dormitorio, de lo contrario no habría esbozado este comentario. Trató de buscar una respuesta acomodaticia que pudiese convencerla y repuso seguidamente:

—No quise incomodarte, cariño. Me serví en el bar del salón varios bebestibles suaves y aproveché el momento y el lugar para charlar y compartir algunas palabras con un pasajero del hotel que recién arribó a París con su esposa, quienes necesitaban información acerca de lugares de interés de la ciudad y yo me encargué de proporcionárselos. Creo que hice bien, porque ayudé a estas personas y también permití que tú descansaras lo suficiente —concluyó un inquieto Gilbert.

Renata escuchó a medias estas explicaciones, por su estado de agotamiento y el deseo de continuar durmiendo, más aún que cualquier respuesta dada en estas circunstancias por Gilbert, inconscientemente las estimaba irrelevantes en comparación con el momento crucial que estaba viviendo.

CAPÍTULO 3

La muchacha Zaria Sahane, de diez años, parada en un rincón del comedor, escuchaba silente, algo nerviosa, pero muy concentrada, lo que su padre Kadhi le hablaba:

—Hija, sé que no he sido el mejor padre que te haya tocado entre todos los padres, pero por el profundo amor que te tengo, es necesario que tú y Kedyla salgan de Tirana, lejos de acá, porque es peligroso para ustedes que se queden conmigo.

Zaria seguía mirando a su padre mientras escuchaba todo esto, sin entender mucho de lo que trataba de decirle, salvo que resultaba peligroso seguir juntos.

—¿Por qué dices que es peligroso que nos quedemos yo y mi madre Kedyla acá contigo? —se animó a preguntar la menor.

—No te puedo explicar con muchos detalles lo que trato de decirte, Zarita, solo implorarte que hagan abandono de la ciudad lo antes posible y, si es factible, vayan a residir a otro país —fue la respuesta, en actitud de ruego, de su padre.

—¿Mi madre sabe todo lo que me está diciendo? —insistió la menor.

—Claro que sí, despreocúpate. Ella está al tanto de lo que te digo, pero esperaba que yo te lo comentara para que ella luego te lo hiciera saber —fue la respuesta de su progenitor.

Zaria hizo un ademán, como entendiendo, aunque a duras penas, lo que trataba de insinuarle. Luego, de un abrazo y un cálido beso que le brindó en la frente su padre, la muchacha siguió estando parada en el rincón del comedor, mientras su padre hacía abandono presuroso de la habitación.

A los pocos minutos, cuando la tarde fenecía, se acercó su madre Kedyla, quien tomó de la mano a Zaria y prestamente se encaminaron hacia la calle de piedra, donde un furgón Zastava gris plateado las esperaba con destino desconocido, por lo menos para Zaria.

No pasaron más de cinco minutos, cuando la presencia del anochecer era evidente, un fuerte ruido sacudió el frontis de la construcción que había servido a Zaria y a sus padres como uno de los últimos domicilios hasta entonces conocido, detonación suficiente para destruir toda la vivienda, como también para alcanzar a su único residente que en esos instantes se encontraba allí, al profusamente buscado terrorista Kadhi Sahane, cuyo cuerpo en todo caso no fue encontrado por la policía.

De seguro, la potencia de la explosión y el fuego intenso que se desencadenó seguidamente fueron dos aliados para no dejar rastro alguno de Sahane, a quien se le dio de manera oficial por fallecido por la policía y las autoridades locales.

Había sido una muerte violenta, como violenta había sido también su vida. Quienes instalaron el artefacto explosivo minutos antes, esto es, una unidad operativa militar del ejército albanés, habían conseguido el propósito perseguido desde hacía un tiempo a la fecha: dar muerte a Sahane y así poner freno a los múltiples asesinatos y actos terroristas cometidos por este último en Albania, donde había sembrado el terror ante las autoridades públicas del país.

A principios del año 1981, aparecieron en el Estado Socialista de Albania los primeros intentos de independencia, con algunos pequeños focos de descontento en la población, para dar luego nacimiento a algunas organizaciones paramilitares que actuaban bajo la sombra de la noche, creando el caos y la inseguridad.

Sahane era uno de los líderes de esos grupos rebeldes, que a poco andar fue detectado por el departamento de inteligencia soviético, quienes informaron a las autoridades albanesas de sus andanzas, quienes a partir de ese momento fueron a la caza de este rebelde, quien con mucha sagacidad había logrado sortear una y otra vez su captura.

El régimen estatal comenzó a partir de entonces a buscarlo, como también a todos sus aliados, de manera de frenar, a como diera lugar, los nuevos movimientos independentistas y así evitar la desafectación de la Unión Soviética, con la cual la República Socialista de Albania gozaba de plena simpatía desde el año 1944, cuando se creó la República de ese país.

El órgano militar estatal había estado a la zaga de Sahane desde hacía varios meses, pero no habían podido dar con su paradero, hasta que, a través de una información confidencial proporcionada por un agente de seguridad, tomaron conocimiento por algunos datos verosímiles de la presencia del fugitivo en este lugar, donde se produjo la planificada explosión un día de octubre de 1982.

A varios kilómetros de allí, ambas mujeres habían sido trasladadas a un albergue en Samar, un pueblo pequeño, distante unos 80 kilómetros al sur de Tirana, donde permanecieron algunos días como allegadas de una familia albanesa que nunca habían visto, esperando el día y la hora en que saldrían del país de manera definitiva.

La pequeña Zaria, apegada a su madre, solo era una observadora privilegiada de todo este devenir, trance que a sus cortos años ya no le causaba sorpresa, porque estaba acostumbrada a que sus padres mudaran de domicilio permanentemente, como asimismo que a su padre lo viera en contadas ocasiones, de seguro por asuntos de trabajo, suponía la menor.

Los días que estuvieron albergadas en Samar, en la casa de Gyra, una mujer que prestaba labores de oficinista para un organismo administrativo estatal tenía como finalidad que a Kedyla le entregaran una nueva documentación identificatoria, tanto para ella como para su hija, con el único fin de emigrar del país, porque sus vidas se encontraban en peligro latente. La idea era ingresar a otro país con datos personales distintos a los que tenían hasta ahora.

Fue así como, luego de unos días de permanencia en ese lugar, la nueva documentación obtenida, aparentemente de autoridades administrativas albanesas, ya estaba en regla, siendo posible la emigración de ambas mujeres, quienes, luego de embarcarse en un ferry desde el puerto de Vlore, arribaron a Italia a través de la ciudad de Brindisi.

Tras un paso fugaz por Italia, ambas mujeres arribaron al valle de Rennes, al sur de la campiña francesa, utilizando para ello dinero suficiente que les había entregado Kadhi Sahane, para radicarse en el extranjero.

Habían hecho su ingreso a Francia la ciudadana francesa Elizabeth Farrell y su hija Renata Farrell de diez años el día 15 de marzo de 1982, como quedó estampado en las actas oficiales que se extendieron en esa ocasión, madre e hija que se disponían a residir por tiempo indefinido en la ciudad de Rocamadour, localidad francesa ubicada en el departamento de Lot, en la región de Occitania.

El policía de inmigración francesa que visó la documentación que tenía en sus manos no dudó en otorgar el visto bueno para su ingreso al país galo de una madre con su hija, no siendo necesario requerir documentos del padre de la menor, toda vez que no existía vínculo filial alguno de paternidad de la menor y, además, porque para la legislación francesa era suficiente el contacto y cuidado de la madre, quien detentaba toda la tuición tratándose de una impúber mujer.

De esta manera hizo su ingreso Renata al país galo.

CAPÍTULO 4

Las maletas y el resto del equipaje de viaje fueron puestos por Gilbert en la balanza del Charles de Gaulle para su transporte a las bodegas del avión Boeing 737, mientras este y Renata chequeaban su documentación ante la funcionaria que cumplía funciones para Lufthansa Air, empresa aérea contratada por Gilbert para que los trasladara a la famosa y paradisíaca isla Boran.

Se trataba de un avión de pasajeros, bimotor y de fuselaje estrecho que pertenecía a una empresa inglesa que se dedicaba especialmente a realizar viajes de turismo en esta época del año. Despegando en Londres, aterrizaba en París, efectuaba una parada por varias horas en El Cairo y, desde allí, emprendía vuelo a su destino final.

—Te ves primorosa y radiante —fue uno de los comentarios que hizo Gilbert a Renata, entre los diversos y burocráticos trámites que hacía antes de abordar el avión.

—Tú no lo haces nada de mal —respondió una risueña y coqueta Renata, mientras le lanzaba un beso con sus labios apretados.

Tomados de la mano y con atuendos apropiados para la ocasión, esto es, ropa ligera y ad hoc para vacacionar en una isla del océano Índico, donde los días y noches en esta época eran cálidos, este nuevo matrimonio se disponía a iniciar su esperada luna de miel, cuando sus pies posaron la escalerilla instalada, que accedía directamente a la aeronave.

Unos lentes de sol, cabellos rizados al viento, una blusa rosa que dejaba entrever un escote pronunciado y un *eyelet* crema que apenas cubría sus rodillas, más unas zapatillas fucsias, daban un toque de sensualidad a Renata, la que no pasaba desapercibida para los demás transeúntes. Gilbert se daba cuenta de ello y en lugar de fastidiarle las continuas miradas que se cernían sobre ella, más admiración tenía por su reciente y bella esposa.

Luego de un viaje sin mayores complicaciones, el pequeño avión que trasladaba a 98 pasajeros, después de cinco horas de viaje desde El Cairo, aterrizaba en el diminuto aeropuerto Malotho, donde un sol mañanero radiante y una brisa placentera daban la bienvenida a los turistas que descendían felices. Gilbert y Renata no eran la excepción.

Al bajar del avión, Gilbert, sin dejar de tomar de la mano a Renata, en el trayecto para ingresar a la oficina de inmigración, de improviso la abrazó y efusivamente la besó, ante la sorpresiva complacencia del resto de los pasajeros, que por sus gestos avalaban estas elocuentes demostraciones de cariño.

—¡Por nuestra luna de miel y por el resto de nuestros días! —fueron las suaves palabras que Gilbert formuló al oído, luego de separar sus labios de los de Renata.

Renata, obnubilada por todas estas manifestaciones de cariño, solo sonreía. Estaba radiante de felicidad, quería correr, saltar, gritar, pero solo se limitó a abrazar a Gilbert, susurrándole que lo amaba con todo el corazón.

—Bienvenidos, señores, a uno de los paraísos terrenales; bienvenidos a la isla Boran. Tengan la bondad de esperar en la Sala Verde, donde serán registrados y luego recogidos por personal autorizado para que sean trasladados a los lugares de hospedaje que han elegido —eran las palabras que emitía un alto funcionario isleño que se dirigía por altavoz a todos los turistas que estaban arribando, quienes se aprestaban a realizar los consabidos trámites migratorios que se acostumbran.

La Sala Verde era en efecto un gran salón construido totalmente de madera autóctona del lugar, el único que estaba pintado de un verde intenso, lo que no acontecía con las demás dependencias del aeropuerto, las que se caracterizaban por estar pintadas de otros colores, como sucedía con el salón rojo, destinado a los pasajeros que emigraban de la isla, situación que le daba un aspecto especial a este terminal aéreo.

—Señor Gilbert Nicolleux... Gilbert Nicolleux... ¿Se encuentra acá? —eran las palabras que a viva voz dirigía una y otra vez un joven empleado de la empresa Theingar, que correspondía al transfer que debía trasladar a este matrimonio al Morovan Hotel, lugar contratado como residencia para esta esperada luna de miel.

—Yo soy, señor, aquí estoy —fue la respuesta dada por Gilbert al escuchar su nombre y agregó—: estas son mis maletas y las de mi cónyuge.

—Bienvenido, señor, soy Alphont y los conduciré junto con mi chofer en un par de minutos al Morovan, un hotel que está a unos veinte minutos del aeropuerto; síganme y procedan a abordar la limusina blanca que se encuentra estacionada frente al local de antigüedades —mostrando con su índice derecho lo que expresaba con palabras, donde un chofer elegantemente vestido se encargaba de colocar el equipaje sobre un carro manual que se utilizaba para estos menesteres.

La limusina se puso en movimiento a los pocos instantes después de que la abordara Renata y Gilbert, quienes tomados de la mano durante todo el trayecto pudieron observar en plenitud la belleza indescriptible de la isla.

La frondosa vegetación que se erigía a la vera de la ruta asfaltada se complementaba a la perfección con la arena blanca y el océano multicolor, belleza que cautivaba segundo a segundo a esta pareja de turistas.

Luego de registrarse en la planta baja del Morovan Hotel, encaminaron sus pasos a la habitación 634, donde aprovecharon de descansar lo suficiente el resto de este primer día para reponer sus energías, después de su alucinante boda en París.

Cerca de las 21:30 horas, bajaron al salón «Reiss» para cenar a la luz de las velas celestes que adornaban las mesas. La cálida brisa marina que se dejaba sentir y la mediana luminosidad creada a propósito daban un toque romántico que Renata y Gilbert no pretendían desperdiciar.

—¿Te acuerdas de nuestra primera cita? —preguntaba Renata a un Gilbert que contemplaba concentradamente el contenido de su copa de vino francés que se disponía a saborear.

—Por supuesto que la recuerdo, fue en el restaurant Le Vignon de Toulouse aquel 17 de abril de 1992 —respondió con una pasmosa seguridad Gilbert.

—¿Y tú qué pediste para cenar en esa oportunidad? —fue la contrapregunta de Gilbert.

—Recuerdo que fueron especias verdes y patatas doradas con salsa *bruchiana*, mi plato favorito, que ni alcancé a degustar, lo devoré en segundos —fue la respuesta de Renata.

—¿Qué consumí? ¿Te recuerdas? —era la nueva pregunta que Gilbert formuló a su flamante esposa.

—A ver, parece que pediste un champán Lizet para empezar y luego ordenaste un *frulli rostizano*, acompañado de un exquisito vino francés.

—Uh, *oulala, oulala*, veo que tienes una memoria privilegiada —fueron las adulaciones de un alegre Gilbert, cuando al unísono hacían rozar tenuemente sus copas, como preludio de una cena romántica y también de una noche en que la pasión no se dejó esperar cuando regresaron a la habitación, donde luego de liberar todo el deseo mutuo que sus cuerpos escondían, se quedaron abrazados y profundamente dormidos, hasta que el suave ruido del timbre de la habitación los hizo despertar.

Eran las 04:58 horas de la madrugada cuando comenzó a sonar el timbre repetidas veces, por lo que Gilbert se puso de pie, arropándose con la parte baja del pijama que estaba al borde de la cama y se dirigió para observar por la ranura de la puerta a qué obedecía la situación.

Renata preguntó semidormida desde la cama:

—¿Quién es?

—Por el uniforme que lleva, al parecer se trata de un botones del hotel —respondió Gilbert.

—Qué extraño que importune a estas horas —comentó Renata, con cierto halo de enfado y preocupación.

—Será mejor que lo atienda, voy a cubrir lo necesario mi cuerpo para atenderlo con la puerta entreabierta —adujo en voz alta Gilbert, tratando de tranquilizar a Renata.

Gilbert se dispuso a buscar los pantalones que había usado durante la cena y que estaban colgados en un rincón del clóset y, apuradamente, también se colocó una camisa para abrir la puerta y parlamentar con este visitante nocturno.

Entretanto, el timbre seguía sonando repetidas veces, como también la molestia y preocupación de Renata se acentuaba.

Apenas Gilbert entreabrió la puerta de la habitación, se escuchó una voz grave masculina de una persona que acompañaba al botones, el que le dijo:

—Señor Nicolleux, necesitamos hablar con usted un minuto en el pasillo.

Gilbert hizo un gesto con los labios a Renata, dando a entender que salía de la habitación unos breves segundos, dejando la puerta cerrada.

Apenas se sintió el ruido característico con el cual las puertas quedan cerradas, se escucharon voces en el pasillo, las que con el paso de los segundos fueron aumentando de volumen, similares a una discusión entre varias personas, seguidos de ruidos y golpes que alertaron de inmediato a Renata.

Al percibir estos ruidos, Renata vertiginosamente se colocó el pijama y prestamente abrió la puerta para observar a qué obedecía este barullo, percatándose de que tres hombres armados llevaban tomados a la fuerza a su marido hacia el sector de los ascensores, escuchando gritos de auxilio de Gilbert. A su vez, un botones del hotel observaba tímidamente la escena, sin poder intervenir ni avisar a la policía, porque se encontraba encañonado por un cuarto individuo.

Renata, enfurecida y fuera de sí, corrió hacia ellos, gritándoles repetidas veces a los hombres que soltaran a Gilbert, pero uno de ellos le dio un empujón con sus manos que la lanzó al suelo, golpeándose el codo de su mano derecha, para seguidamente entrar todos ellos al ascensor. Como pudo, Renata se irguió y se dirigió a una ventana desde la cual se veía el acceso de entrada del hotel, observando que el grupo, que llevaba de rehén a Gilbert, se subía a un automóvil azul marino que emprendió raudamente su marcha.

Era su primera noche de su luna de miel. Inolvidable para todos los recién casados y, más aún, para Renata.

CAPÍTULO 5

Fue un día, de principio a fin, que iba a permanecer en la retina de Renata por mucho tiempo, al sentirse con una impotencia absoluta de no saber qué estaría pasando con Gilbert, completamente sola, en un lugar a miles de kilómetros de su hogar y rodeada de personas que desconocía.

No pudo evitar que volvieran a su mente dos momentos, también inolvidables en su vida, que plasmaban lo azaroso de la existencia. Uno de ellos fue a los pocos años de haber arribado a Francia, cuando Renata, siendo una adolescente de dieciséis años, tuvo que enfrentar la pérdida de su madre Kedyla, quien falleció a los pocos meses después de haber sido diagnosticada con una grave enfermedad que dañó en primer lugar sus articulaciones para luego extenderse a otros órganos, lo que derivó en que, en una funesta mañana de agosto de 1988, desapareciera de la faz de la tierra su confidente más cercana, producto de un paro cardíaco.

Cómo no recordar las numerosas charlas que tenía habitualmente con su progenitora, quien siempre la aconsejaba con tomar buenas decisiones, pues de esa manera, de seguro, que las consecuencias también serían las más afortunadas.

—Espero que en esta nueva etapa de estudios puedas aprovechar al máximo el proceso de aprendizaje que se impartirá en este colegio, al que por primera vez acudirás —fueron algunos de los consejos que Kedyla, ahora Elizabeth Farrell, le daba a Renata, cuando ingresó por primera vez al Lycée Horizon Vert, a los pocos meses de haber llegado a residir en París.

La sola llegada a la capital francesa para Renata significó un cambio radical, toda vez que estaba acostumbrada a residir con su madre en pueblos pequeños, donde la vida cotidiana era sencilla, tranquila y sin sobresaltos. En cambio, París, desde un principio, sedujo a Renata, quien se adaptó con facilidad a la cotidianeidad de la gran urbe, esperando con ansias iniciar un nuevo ciclo escolar en esta hermosa ciudad.

—Madre, estoy muy feliz de mi primer día de clases, me sentí muy acogida por mis compañeras de curso y espero no defraudarte —fueron los comentarios que Renata hizo cuando regresó a su hogar, después de haber asistido al Horizon Vert.

Además, ingresar al Lycée constituía una nueva etapa escolar, correspondiente a la educación secundaria, de manera que los conocimientos que iba a adquirir a partir de ahora iban a robustecer la personalidad de Renata, quien siempre se caracterizó por ser una persona muy sociable y cariñosa, no obstante, las odiseas que a sus quince años ya había padecido en su corta vida.

La sorpresiva muerte de su madre era otro episodio triste al cual se vio enfrentada, como el inesperado secuestro de su amado Gilbert. Este devenir de luces y sombras, propio de la existencia humana, tuvo su recompensa al conocer a Lucién, compañera de curso, con quien comenzó a interactuar más a menudo a partir del fallecimiento de su madre, transformándose en su mejor amiga en el año 1989, de la cual se hicieron inseparables.

Lucién Muzard, una muchacha algo rebelde, hija única de un diplomático separado desde hacía varios años, provenía de una familia adinerada y con roce social habitual, producto de las numerosas amistades que desde pequeña conoció a través de la labor de su progenitor, a quienes acompañaba permanentemente a diversos eventos sociales, circunstancias donde conoció al joven Gilbert Nicolleux, cuando ella tenía 14 años, muchacho que a sus 23 años de edad era un atractivo estudiante de periodismo, enfocado en sus estudios y, por consiguiente, lo veía casualmente de tarde en tarde.

Sin embargo, aquello cambió en los albores del año 1990, cuando de casualidad se encontraron Lucién con Gilbert en un pub del Barrio Latino, donde comenzaron a compartir más seguido, demostrando un particular interés Lucién por Gilbert, interés que no era recíproco, pero que derivó igualmente en una estrecha amistad que se manifestaba más que nada por el deseo de diversión de ambos.

En una de las ocasiones en que Lucién, acompañada de Renata, concurrieron a un concierto de piano en el conocido Café Concert La Residence, de la calle Charmant, se encontraron casualmente con un grupo de conocidos y amigos, entre los cuales estaba Gilbert.

Cómo no recordar Renata esa ocasión, donde por primera vez divisó a un joven apuesto, que desde el mismo momento en que fueron presentados, sus miradas no se apartaron jamás, sin que el resto de los acompañantes se percatara de esa situación, salvo Lucién.

—Me di cuenta de que quedaste flechada por Gilbert —fue el comentario que le hizo Lucién a Renata, una vez que sus amigos se habían retirado.

Renata, sonrojada, sin atinar a esbozar respuesta alguna, miró fijamente a Lucién y luego de un lapso, exclamó:

—Sí, lo encontré divino y muy guapo.

—No te hagas muchas ilusiones, es muy inquieto en las lides amorosas, aunque debo reconocer que es atractivo —fue la advertencia que Lucién le formuló a Renata.

Desde ese día, al primer encuentro a solas con Gilbert no transcurrió mucho tiempo, debido a que este último obtuvo la información necesaria de su amiga Lucién, con la que se pudo aproximar a Renata, con la complicidad que en cierto modo incomodaba a Lucién, pero que fue muy bien recibida por su amiga.

Este segundo episodio, también inolvidable en la vida de Renata, que siempre había permanecido en su retina, fue la noche en que, invitada por Gilbert, se encontró a solas con él, en un conocido restaurante de Neuilly Plaisance.

Fue el preludio de una historia de amor que emergió a la luz de las velas, con un soneto romántico interpretado por un joven cantante que amenizaba la cena.

La despedida de Gilbert, que en esa oportunidad fue rubricada con un beso, era el inicio de un romance que llenó el corazón de Renata.

Ahora, ese mismo corazón estaba roto por la desaparición de Gilbert.

CAPÍTULO 6

Los individuos que habían tomado de rehén a Gilbert se trasladaron hacia una cancha de aterrizaje que se ubicaba a unos diez kilómetros de distancia del Hotel Morovan, donde descendieron y abordaron una avioneta que los estaba esperando.

—Disculpa por los golpes, pero eran necesarios —señaló uno de los cuatro sujetos, dirigiéndose a Gilbert, quien se quejaba por el maltrato de que había sido víctima.

—Está bien, pero me parece que fueron excesivos —contestaba un Gilbert medio contrariado, mientras se acomodaba en el segundo asiento de la avioneta.

Otro sujeto, también hablándole a Gilbert, le dijo:

—Aquí tiene un traje completo y zapatos para que se vista como corresponde —enseñándole un colgador con ropa y un par de botas que se encontraban guardados en la avioneta.

Gilbert obedeció y, en un par de minutos, se sacó la ropa que tenía puesta y se puso una camisa de combate, una chaqueta tipo militar, un pantalón del mismo estilo y unas botas tácticas, vestuario apropiado para transitar por lugares inaccesibles y pedregosos, muy distinto al vestuario elegante con el cual solía concurrir a los eventos sociales que acostumbraba a cubrir dentro de sus tareas de periodista del espectáculo de alta sociedad. La salvedad es que ahora se disponía a cumplir una de las tantas misiones que le encomendaba desde hacía seis años «su jefe».

Al parecer, todo había resultado como se planeó. «Gilbert Nicolleux había sido secuestrado por desconocidos desde uno de los pasillos que daban a las habitaciones del Hotel Morovan» como lo reportó *The Sunset*, el único periódico que circulaba en la isla, noticia que también algunos de los medios informativos europeos reprodujeron sucintamente.

Sin embargo, Gilbert y sus compañeros de misión, después de 30 minutos de vuelo, estaban aterrizando en un pequeño islote, que forma parte de decenas de cayos, cercano al archipiélago de Shutmar, ubicado en plena Polinesia, al que estos asiduos visitantes llamaban «El Refugio».

Al descender, fueron recibidos por Philippe, un veterano aviador que en su juventud había participado activamente en la Segunda Guerra Mundial, defendiendo la región de Alsacia. Había evitado enrolarse en el frente alemán y, por el contrario, defendió a muerte a su país, Francia, del ataque de las tropas del nazismo dirigido por Hitler. Desde ese entonces, comenzó a tener una animadversión inusitada en contra de los extranjeros que día a día venían a poblar su amada patria. Era el prototipo chauvinista tradicional.

En esta ocasión, estaba a cargo de un contingente de aproximadamente veinte hombres, quienes, a su vez, tenían de rehenes a treinta inmigrantes que habían ingresado de forma ilegal a Francia, los cuales, luego de ser detectados por una organización de inteligencia militar francesa que funcionaba en la clandestinidad, fueron arrestados desde diversas ciudades de Francia y seguidamente los trasladaron en un antiguo avión militar a esta zona boreal.

En este grupo de rehenes proliferaban turcos, marroquíes, ugandeses, mozambiqueños y algunos albaneses, personas que en su gran mayoría eran de escaso nivel educacional y económico, dentro de los cuales había algunos que tenían el perfil de agitadores sociales y otros, al parecer, tendrían indicios de terroristas.

El constante ingreso de africanos, asiáticos y del Medio Oriente al suelo francés desde los albores de 1980, había comenzado a trastocar paulatinamente la conformación poblacional y las costumbres del pueblo galo. Muchas personas de color y de razas diversas comenzaban a transformarse en un paisaje cotidiano de la vida francesa, conformando polos de pobreza, de marginalidad, de prostitución y de violencia nunca vista. La democracia y el catálogo de derechos del cual se ufanaba la República Francesa estaban horadando la tranquilidad y la seguridad de los ciudadanos franceses, quienes con aires pacíficos miraban distante y de reojo estos sucesos, los que se sucedieron aisladamente en un primer momento y con el transcurso de los años se hicieron de manera más continua, provocando con ello el caos, que la policía francesa, con denodados esfuerzos, trataba de controlar, a veces con frustrados resultados.

A partir de este escenario social surgió la inquietud de hacer frente a la inmigración desbocada, creándose a la sombra de la institucionalidad una organización paramilitar que tenía como primer propósito detectar a todo inmigrante sospechoso de ocasionar algún daño al país, para lo cual fue menester reclutar a exsoldados, a algunos militares de rango que estaban jubilados y a expertos en inteligencia militar, con características acentuadas de patriotismo francés y cuya experiencia era necesaria. Dentro de este grupo destacaban diversos profesionales completamente desvinculados de las milicias, cuya función dentro de la organización era trascendental, pues servían de nexo para la ejecución de muchas operaciones, tanto de carácter administrativo como otras que se plasmaban en terreno.

Cuando se detectaba que alguno de los migrantes podría alterar el orden público social francés, este órgano denunciaba el hecho a las autoridades policíacas, quienes debían adoptar las medidas correspondientes. Sin embargo, con el paso de los años, se observó que la mera denuncia no era la solución para contrarrestar el constante flujo de inmigrantes, debido a que se advirtió que las autoridades francesas no habían tomado la decisión esperada y adecuada, ya sea, expulsando a los sospechosos o, derechamente, encarcelando a los agitadores sociales extranjeros que venían a perturbar la paz.

Entre los profesionales reclutados figuraba Gilbert Nicolleux, un joven periodista con deseos ilimitados de éxito y de poder. El brazo derecho de Philippe, que estaba a cargo de los prisioneros en esta oportunidad, era Jossian, un soldado cincuentón, rudo y fornido, exmarino francés que había participado en numerosas batallas durante la guerra del Golfo Pérsico de 1990, asistiendo a las tropas francesas que cooperaban con la Organización de las Naciones Unidas durante el conflicto de Iraq con Kuwait.

—Señor Gilbert, son todos suyos —mostrando Jossian con su mano extendida a los treinta prisioneros que había arrestado al amparo de la noche, hacía unos días, quienes permanecían uno al lado del otro, con la vista vendada, torso desnudo y sus manos en la espalda atadas con firmeza.

—Veo que ha hecho un buen trabajo —replicó Gilbert, quien al unísono tomó desde el suelo un látigo grueso, con puntas metálicas que había dejado en el lugar Philippe, envolviendo parte en su muñeca derecha.

—Tú, ¿cómo te llamas? —fue la primera interrogación que con un tono seco y autoritario hizo Gilbert a la persona arrestada que encabezaba la fila.

—Buka —fue la lacónica respuesta de un muchacho de color, de unos 25 años de edad, que, con la cabeza gacha y pies medianamente inclinados, respondía.

Sin mediar pregunta adicional, Gilbert azotó el látigo con todas sus fuerzas en el rostro del muchacho, quien tambaleó de inmediato y dejó escapar un gemido de dolor.

—Negro desgraciado, no me gustan las respuestas cortas ni tampoco que no sepan estar de pie como hombres —fue la reprimenda que le dio Gilbert, mientras dejaba caer un nuevo latigazo en los muslos de Buka.

—¿De dónde vienes y a qué vienes a Francia? —fue la siguiente pregunta que le formuló Gilbert.

El joven Buka, semiinconsciente y dejando escurrir un hilo de sangre de sus labios que empezaban a inflamarse, expresó:

—Soy de Uganda, mis padres murieron en una explosión tras un ataque revolucionario y quedé con mis dos hermanas menores de 13 y 8 años; ingresé a Francia para buscar trabajo y así ayudar a mi pequeña y escasa familia que me queda —fue la compungida y sensible respuesta de Buka, utilizando un francés que apenas se entendía.

Gilbert, más complaciente ahora con el muchacho, posiblemente por esta última respuesta dada o porque su rostro cada segundo se desfiguraba más, optó por separarlo del resto y dio orden a unos militares que observaban la escena que le dieran de beber un poco de agua, la que estaba acumulada en un tambor ubicado a unos metros de ahí. Buka, con dificultades, pero con muchas ansias, bebió el líquido después de dieciocho horas de ayuno obligado.

Luego Gilbert se dispuso a proseguir con su delicada misión y continuó preguntando muy meticuloso a los demás prisioneros en el mismo orden en que se encontraban parados; cualquier respuesta que no era de su agrado era suficiente motivo para utilizar el látigo con vehemencia, en especial con aquellos que procedían de Albania, debido a que existía el convencimiento pleno de que todos los inmigrantes de ese país eran terroristas o por lo menos tenían una estrecha relación con desórdenes sociales.

De los treinta prisioneros entrevistados, ninguno se salvó de las «caricias» de Gilbert, quien con una parsimonia y frialdad espeluznante quiso implantar el principio de la igualdad entre ellos, para lo cual el castigo aplicado a Buka no podía ser inferior al de los demás rehenes, ocasionando con esta «operación limpieza» una secuela de damnificados por las torturas físicas y psicológicas de que fueron víctimas. Tanto fue el daño provocado, que cinco de ellos cayeron al suelo por los golpes a mansalva propinados por Gilbert y no se levantaron más.

Los veinticinco migrantes restantes capturados fueron abandonados a su suerte en la isla, junto con el tambor de agua dulce que disponían los secuestradores, como único gesto de humanidad. La misión llegaba a su fin y el reporte de esta tenía que hacerlo llegar Gilbert a su jefe superior en París.

La operación había sido uno más de los innumerables y rutinarios «encargos» a los que estaba acostumbrado a cumplir Gilbert al pie de la letra, por lo que su fastidio y molestia la sintió en carne propia, debido a que en esta oportunidad no había encontrado ningún botín humano rescatable de todos los que les tocó interrogar, al advertir que ninguno de ellos, no obstante el castigo inferido, confesó haber realizado o pretendía efectuar alguna actividad sospechosa o ilegal en Francia, por lo que la «misión» recién acabada no había sido de aquellas memorables, como le gustaban a su jefe.

Lo único que trascendía en todo aquello, era la truncada luna de miel que Gilbert estaba iniciando en la isla Boran y que, de seguro, tenía destrozada y abatida a Renata.

CAPÍTULO 7

La cabeza rapada, una incipiente barba blanca, sus casi dos metros de estatura, más una musculatura que todavía no lo había abandonado del todo, formaban un cuadro imponente a los ojos de Gilbert, cuando este fue recibido en el Regency Club por su jefe, a quien le debía obediencia por doquier. Gilbert se había trasladado como rayo de luz de nuevo a París, a la guarida de su jefe, quien controlaba la organización hasta el más pequeño detalle.

El rostro de Monsieur L se tornaba más serio y osco a medida que Gilbert le comunicaba en detalle los pormenores de la misión que se le había encomendado. Monsieur L se notaba efectivamente disgustado por el pobre reporte que le había hecho Gilbert, es decir, de la escasa o nula información que había logrado rescatar de los interrogatorios a los que sometió a estos últimos prisioneros.

—Tu trabajo ha sido eficiente y reconozco que la cifra de inmigrantes foráneos, en especial árabes, africanos y asiáticos, que han sido capturados en gran número en los últimos tres años, gracias a nuestra política de tolerancia cero, me ha hecho sentir útil, pero las últimas redadas que se han practicado en este año 1995 han sido un total fracaso, debido a que se ha detenido a personas de segunda y tercera categoría, cuya desaparición nadie va a notar ni extrañar —fue la última frase que en tono seco y desafiante esgrimió el jerarca.

Gilbert permanecía de pie y escuchaba con atención cada una de las palabras que esbozaba Monsieur L, las que recibía como reprimenda, esperando recibir algún tirón de orejas o una orden más compleja que las anteriores. Una vez que Monsieur concluyó con la arenga, que incluía epítetos fuertes, Gilbert repuso:

—He cumplido las órdenes tratando de no dejar detalles sueltos ni datos inconclusos, pero el aporte de los interrogados no ha sido significativo —fue el comentario que hizo Gilbert con cierta cortesía; para luego añadir—: Si usted estima que mi estrategia no está logrando los resultados esperados, estoy llano a cambiarla en la forma que usted lo desea.

—Sí, eso es necesario a la luz de los resultados obtenidos, soy de la opinión de modificar algunos procedimientos —indicó Monsieur L, manteniendo la seriedad de su rostro. Luego añadió—: Necesito que se fiscalice de muy cerca al contingente encargado de investigar y detener a los inmigrantes sospechosos; debo estar informado de cuáles son las técnicas y protocolos que se utilizan para controlar y disponer el arresto de extranjeros y, así, poder detectar quién o quiénes de nuestra gente están haciendo mal el trabajo —concluyó el jefe.

—Entiendo perfecto lo que insinúa, señor, y si usted me da facultades para reemplazar a los ineptos cuya labor se aparta de lo que usted pretende, le prometo que lo haré para que a partir de entonces los futuros rehenes sean una buena fuente de información para nosotros.

—Así es, por la confianza que tú te has ganado, te entrego plenas facultades para remover a los ineficientes que trabajan para la organización y... cuando lo hagas... no dejes huellas de ellos —sentenció Monsieur L.

—Entiendo claramente —fue el último y escueto comentario que hizo Gilbert, antes de despedirse formalmente de su jefe.

Aceleradamente, Gilbert subió a un automóvil con vidrios polarizados que lo esperaba en el amplio estacionamiento del

Regency Club y luego se dedicó a pedir información de todo el contingente que trabajaba para la organización, para lo cual se trasladó a una hacienda campestre que estaba ubicada en los confines del pueblo de Bruige, donde figuraban los archivos de cada uno de los miembros, incluso el suyo. Lo que le interesaba era un núcleo que, dentro de la estructura piramidal que tenía la organización, eran denominados «Los Cuervos», situados en las zonas del sur y del este de Francia, encargados de vigilar, con métodos pocos ortodoxos, la entrada de toda persona extranjera, sospechosas de haber cometido actos terroristas y, además, detenerlas cuando estas ya habían sorteado todos los controles migratorios policiales, ojalá en las mismas ciudades fronterizas.

Cinco días destinó Gilbert para todos estos avatares. Cinco días habían transcurrido desde que Gilbert había sido secuestrado desde la isla Boran y todavía no se tenía noticias de su existencia. La policía y las autoridades de la isla nada sabían al respecto. Menos noticias tenía Renata, quien estoicamente permaneció ese lapso en la isla agotando todos los esfuerzos para tratar de recibir información acerca de su marido. Su sufrimiento era evidente.

Sin embargo, con el paso de los días, un hecho relevante había sido descubierto en la isla Boran, el que llegó a conocimiento de Renata, en los instantes en que ella encendía su enésimo cigarrillo en los albores de un nuevo día. Eran noticias de Gilbert. El reloj marcaba las 08:17 horas de la mañana y los rayos solares ingresaban oblicuamente a la ventana de la habitación donde Renata permanecía mirando el horizonte, cuando un timbre inusual a esa hora se escuchó desde la puerta de acceso al departamento que había sido alquilado por la pareja.

Renata, sobresaltada, escuchó el primer sonido y permaneció silente, sin atinar a nada, como si tratara de ignorar conscientemente la situación, de seguro por el nerviosismo que se apoderó de ella, al tejer en su mente la madrugada en que secuestraron a su marido. Sin embargo, ante el desagradable ruido que expedía el timbre y que se repetía una y otra vez, se puso su bata de levantar y encaminó sus pasos a la puerta para interiorizarse a qué obedecía tanta insistencia, aunque con cierto nerviosismo, por la desgraciada experiencia vivida días atrás.

Efectivamente, eran noticias de Gilbert.

CAPÍTULO 8

Habían transcurrido seis días desde la desaparición de Gilbert cuando Renata, apenas abrió la puerta de su habitación para atender a la persona que con insistencia tocaba el timbre, escuchó la voz de Flinny, una delgada muchacha trigueña que estaba ese día a cargo de la recepción del hotel, quien dirigiéndose a Renata le dijo:

—Disculpe si la importuno a esta hora, pero necesito comunicarle que hay dos policías en el *hall* central que están preguntando con insistencia por usted... Le pido que baje para que pueda conversar a solas con ellos, porque al parecer tienen noticias de su marido.

Renata, sobrecogida por lo escuchado, le contestó a la recepcionista que bajaba en cinco minutos. Se puso una indumentaria a la rápida y bajó aceleradamente a la sala de estar del hotel, lugar en que dos policías isleños, al preguntarle por sus datos personales y cerciorarse de que era la cónyuge de Gilbert Nicolleux, uno de ellos le manifestó:

—Hace alrededor de un par de horas hemos encontrado a una persona herida y semiinconsciente entre los roqueríos de Saint Sabán, a unos diez metros de la playa, que por sus rasgos físicos y los datos proporcionados posiblemente sea su marido.

Renata, con su rostro de asombro al escuchar estas palabras, reaccionó centelleante en el momento, inquiriendo a los policías si esa persona estaba con vida, a lo que le respondieron afirmativamente.

—¿Tiene lesiones? ¿Está consciente? ¿Ha dicho su nombre? ¿Dónde se encuentra? —fueron algunas de las tantas interrogantes que formuló Renata, con un deseo incontrolable de tener en su poder toda la información necesaria, como, asimismo, cerciorarse de una vez, si la persona a quien se referían era su amado Gilbert.

—En estos momentos él está en observación y en recuperación en el hospital local, donde usted puede visitarlo para verificar todo lo que necesita saber —fue la información recibida.

Renata, con su mano derecha extendida sobre su rostro, en señal de encontrarse perturbada y, a la vez, evidenciando tranquilidad, agradeció la visita y, sobre todo, la comunicación que acababa de escuchar, pidiéndoles a los policías que la autorizaran a retirarse del lugar de inmediato para regresar a su habitación y vestirse adecuadamente, con el propósito de concurrir en el más breve tiempo al recinto hospitalario.

Al cabo de unos minutos, luego de contratar un vehículo de alquiler, Renata ingresaba aceleradamente al hospital isleño, un recinto cuya estructura era muy similar a la mayoría de las construcciones que conformaban el entorno de la isla, donde gran parte de sus instalaciones eran de madera de *buloke* australiano, pintada de vivos colores, lo que le daba un aspecto inapropiado para un establecimiento de esta naturaleza.

En una sala amplia, iluminada más que nada por los rayos de sol que se incrustaban por los amplios ventanales de la habitación, Renata no podía distinguir con claridad los rostros de los pacientes que allí se encontraban, en específico, el de su amado Gilbert. Durante el recorrido por el pasillo, que para ella era interminable, miraba con ansiedad cada rostro que avistaba, pues era lo único poco visible que se observaba de esas personas. Recorrió con su vista los primeros cinco pacientes sin poder distinguir a ninguno de ellos, por lo que, para calmar su ansiedad, tomó la decisión de preguntar a una de las funcionarias del nosocomio, que al parecer tenía algún rango, por las instrucciones que impartía a dos empleados que realizaban labores menores.

—Señorita, disculpe, pero necesito imperiosamente encontrar a mi cónyuge, que está internado en este lugar.

—Cálmese, señora, la he visto muy agitada al entrar a este lugar sin siquiera pedir autorización para ello. ¿Cuál es el nombre del paciente que quiere ubicar? —fue la respuesta de la funcionaria.

—Busco a Gilbert Nicolleux, mi esposo —replicó Renata.

—Entiendo —dijo la funcionaria, levantando su cuello y tratando de hacer memoria por lo que se le inquiría. Luego respondió—: Este fue el último paciente que ingresó esta mañana malherido, se encuentra en la sala contigua, ubicada al fondo de este pasillo, junto a otros enfermos en recuperación —indicando con su mano derecha el lugar—. Venga conmigo, yo la acompañaré —añadió la funcionaria hospitalaria con cierta amabilidad.

Renata, un poco más calmada, pero con la preocupación latente, obedeció y caminó al lado de la enfermera Abizinia, de acuerdo con lo que pudo distinguir de un pequeño distintivo identificatorio que estaba sobre la solapa de su delantal verde claro. Entraron a una pequeña sala compuesta por ocho camas ocupadas por cinco personas varones que demostraban estar en mejores condiciones de salud que los restantes, si se comparaban con las otras personas que había visto Renata, varias de ellas con lesiones en el rostro producto de diversos deportes acuáticos que solían practicarse en esta isla paradisíaca. La mayoría de ellos permanecían sentados, a diferencia de los restantes enfermos que estaban postrados e inertes en sus camas. Al dirigir la vista a los únicos cinco residentes, distinguió de inmediato el rostro de Gilbert, quien lucía un parche blanco en el costado derecho de su sien, así como algunas escoriaciones en su barbilla.

—¡Gilbert, amor mío! ¿Cómo estás? ¿Dónde estabas? —fueron las dos primeras preguntas que hizo Renata, quien, además, sin mediar respuesta, abrazó y acarició con delicadeza el rostro de su esposo.

—No te preocupes, amor, estoy bien. Tengo algunas lesiones pequeñas que me provoqué al chocar con algunas rocas cerca de la playa, no tengo lesiones internas y, según lo que me han dicho, puedo dejar este recinto al final del día si mis lesiones siguen evolucionando satisfactoriamente —fue la respuesta de Gilbert.

—¿Cómo fuiste a dar a la playa después de varios días sin saber de ti? —fue la interrogante que instintivamente formuló Renata.

—Es una historia larga que prefiero narrarte cuando estemos a solas —respondió Gilbert—. Lo importante es que me rescataron unas personas, estamos juntos de nuevo y yo estoy sano y salvo —fueron las palabras que le dirigió a una convulsionada Renata, con el propósito de calmarla y darle tranquilidad.

—Está bien, cuando lleguemos a nuestra habitación quiero que me cuentes qué te sucedió, amor mío, porque no te imaginas lo acongojada que he estado durante todo este periplo —añadió Renata.

—Eso haré, te contaré todo lo que he padecido en estos días sin ti —dijo Gilbert, bajando en esos precisos momentos su cabeza y dirigiendo su vista solamente a las manos que tenía entrelazadas con las de Renata.

En esos instantes se acercó un médico encargado de supervisar la situación de los enfermos, quien, luego de cerciorarse de que Renata era la cónyuge de Gilbert Nicolleux, le informó:

—Las lesiones que presenta su marido no son relevantes y su recuperación será total en un par de días, por lo que Gilbert puede hacer abandono de este hospital al final del día.

Renata, al escuchar estas palabras de aliento, se sintió más relajada y volvió a abrazar a Gilbert, hablándole en voz baja que lo amaba, que estaba feliz de volverlo a encontrar, pero que quería abandonar la isla lo antes posible, pues no quería continuar con su luna de miel en estas condiciones. Pero antes de irse de Boran, le insistió, quería saber lo que le había ocurrido.

Gilbert, permaneciendo abrazado a Renata, cerró sus ojos y, tenuemente, casi por inercia, expresó:

—Sí, mi amor, te contaré toda mi odisea una vez que lleguemos a nuestro hotel.

Cerca de las 20 horas de ese día y cumpliendo con los trámites regulares de salida del hospital, Gilbert y Renata volvían de nuevo a encaminar sus pasos hacia el Morovan Hotel en un taxi contratado para ese fin, con la particular diferencia de que ahora Renata no estaba interesada en deleitarse con el paisaje maravilloso de la isla ni menos Gilbert pretendía hacer lo mismo. Sus mentes y preocupaciones eran otras.

CAPÍTULO 9

Buscaba afanosamente, como acontecía durante estos últimos días, dentro de la variada documentación que manejaba, una comunicación que la mantuviera al tanto de la situación personal que estaba viviendo Renata. Se notaba inquieta y con denuedo revisaba una y otra vez cada papel manuscrito o impreso que tenía al frente, en su espaciosa oficina ubicada en el décimo piso de la Torre Montagne, uno de los antiguos edificios del tradicional Barrio Latino de París.

Lucién, la amiga más cercana de Renata, estaba al tanto desde los primeros días, del secuestro de Gilbert, toda vez que esa misma mañana en que sucedieron los hechos, Renata, angustiada y solitaria en la isla Boran, no dudó ni un instante en tratar de comunicarse a la brevedad con su querida amiga, a quien le confidenció detalles de lo ocurrido, como también de todas las diligencias que había desplegado para obtener algún dato de este imprevisto y desgraciado acontecimiento.

Las comunicaciones entre la isla Boran y Francia eran de suyo complejas, toda vez que el sistema de internet funcionaba inadecuadamente y la telefonía no tenía la cobertura necesaria para que los particulares traspasaran información, por lo que la vía más recurrente seguía siendo el telégrafo, además de un sistema postal que también operaba con regularidad, distribuyendo cartas manuscritas que llegaban por vía aérea desde diversos puntos del orbe, como asimismo aquellas misivas enviadas desde la isla. De todos modos, a los exclusivos visitantes y turistas asiduos a este lugar vacacional no les interesaba mejorar las comunicaciones con el resto del mundo, en atención a que dicha circunstancia les garantizaba una mayor privacidad y tranquilidad en sus actividades de descanso y esparcimiento.

Renata, al descartar otros mecanismos de comunicación más desarrollados para relacionarse con el resto del mundo, por ser ellos infructuosos, no le quedó más alternativa que utilizar el tradicional sistema postal de correspondencia manuscrita, con el cual había logrado comunicarse en más de una ocasión con Lucién durante los primeros días del desaparecimiento de Gilbert, narrándole su estado de ánimo y el sinfín de trámites que estaba realizando en la isla para dar lo más pronto con el paradero de su marido, sin que hasta ese momento tuviera noticias alentadoras al respecto. Lucién, alertada por la situación, también envió misivas a Renata por igual mecanismo de comunicación, demostrando su total preocupación y manifestándole que contara con ella si lo requería en estas circunstancias.

En la última carta, Renata, luego de relatar su penosa vivencia e informarle que aún no había tenido noticia alguna acerca del paradero de Gilbert, le señaló que cuando tuviera alguna novedad sobre aquello le iba a informar de inmediato. Por esta razón, todos los días, apenas llegaba a su oficina a cumplir sus labores tradicionales como administradora de una cadena de restaurantes exclusivos, Lucién revisaba meticulosamente toda la información verbal o escrita que su secretaria personal Marie, quien acudía a ciertas horas a la oficina, le entregaba al inicio y al final de su jornada. Estaba preocupada porque en los últimos días no había tenido más noticias de Renata, lo que por sí la inquietaba bastante, de modo que cualquier información, aunque fuera únicamente concerniente a su querida amiga, le bastaba para atenuar su inquietud.

Dio vuelta la nutrida correspondencia una y otra vez y al no obtener resultados positivos, intentó comunicarse telefónicamente una vez más, directamente con la recepción del Hotel Morovan, gestión nada fácil de alcanzar. Lo había hecho en dos oportunidades anteriores, pero su esfuerzo había sido en vano, porque de acuerdo con el reglamento interno hotelero no se contaba con autorización para recibir llamados de terceros que pudieran perturbar el descanso de sus visitantes, aunque se argumentaran razones justificadas. Esta política del Morovan la cumplían a la perfección sus empleados.

Si bien en los primeros años de funcionamiento se permitía recibir llamadas y traspasarlas a los huéspedes, tal procedimiento con el tiempo fue suspendido, toda vez que se percataron de que muchas de las llamadas, calificadas de «urgentes» por terceros, no eran más que un artilugio para contactarse con los pasajeros, haciendo perder mucho tiempo, distrayendo al personal del hotel y muchas veces, además, provocaba el enfado de los propios turistas que no deseaban ser interrumpidos en su descanso. Por estas razones le había sido imposible a Lucién tener contacto telefónico con Renata a través del personal hotelero.

Dubitativa, pero obstinada a la vez, debido a que no tenía nada que perder, Lucién bajó de su oficina y concurrió directamente al Servicio de Telefonía Parisiense, ubicado a pocas cuadras de su oficina, para tantear, una vez más, algún contacto con Renata. Después de numerosos intentos por comunicarse con la isla Boran, específicamente con el hotel donde estaba hospedada Renata, se escuchó al otro lado del auricular el consabido ring telefónico que se dejaba sentir, hasta que una suave voz de mujer y en idioma local se identificó como operadora telefónica del hotel, ante lo cual, Lucién, utilizando un inglés que manejaba a la perfección, pidió comunicarse personal y de urgencia con la huésped Renata Farrell.

—Tengo prohibición de incomodar a los huéspedes, señorita, por lo que no me es posible acceder a su requerimiento —fue la respuesta cortante de la operadora.

—Es de suma urgencia contactarme con ella, porque está viviendo un calvario en ese hotel que debe terminar pronto —fue la súplica que formuló Lucién. Añadió seguidamente—: Usted debe saber que su marido, también huésped, de nombre Gilbert Nicolleux fue secuestrado desde dentro del mismo hotel, por lo que ustedes indirectamente también son responsables de lo ocurrido en ese lugar —concluyó Lucién.

—Perdóneme, señorita, pero cualquier información sobre esa situación no es de mi incumbencia, sino de la policía, por lo que disculpe que no la pueda ayudar en esta circunstancia. Además, por políticas del hotel está prohibido traspasar llamados telefónicos a las habitaciones —concluida esta frase, cortó la comunicación, quedando Lucién tanto o más preocupada que antes, al ver el desinterés mostrado por la operadora telefónica por la situación aflictiva de su estimada amiga.

Ante esta situación que la tenía en ascuas, no trepidó más y, luego de ordenar su agenda laboral y de adquisiciones que tenía pendiente por los próximos días, delegando algunas tareas que no podían interrumpirse, tomó una abrupta determinación para interiorizarse en terreno de lo que estaba padeciendo Renata. Decidió trasladarse a la isla Boran para visitarla personalmente.

Obtener un pasaje aéreo de la noche a la mañana era casi imposible, toda vez que solamente existían vuelos regulares dos días a la semana de París a la isla Boran y el próximo vuelo que despegaba a ese destino se iba a efectuar en cinco días más, lapso demasiado distante para Lucién, por lo que no le quedó otra posibilidad que recurrir a su amigo Julián, un *playboy* propietario de un jet privado, con quien tenía una amistad de años y, por consiguiente, tenía la confianza necesaria para solicitar tamaña ayuda.

No fue difícil contactarse con Julián, porque se encontraba en París, de modo que luego de un par de minutos tuvo una respuesta satisfactoria.

—Por la amistad que tenemos y el hecho de que necesitas desplazarte urgentemente a Boran, voy a ponerte en contacto con uno de mis pilotos de confianza para que lo antes posible te traslade a ese destino —fue la respuesta que recibió Lucién.

Agradeció sobremanera el gesto amable de Julián, quien además fue lo suficientemente discreto para no inquirir detalles de la urgencia que apremiaba a Lucién. Luego de trasladarse a su departamento, armar un bolso con la indumentaria suficiente para un viaje relámpago y de pocas horas, tomó contacto con Jacques Bitton, piloto encomendado para este viaje sorpresivo, quien despegó de un aeropuerto menor ubicado al nororiente de París.

Fue un viaje no exento de peripecias, por la distancia que había que recorrer, porque la autonomía de vuelo de la aeronave no le permitía realizar un vuelo directo y, además, en el océano había una espesa neblina, producto de una tormenta que se avecinaba, por lo que innumerables turbulencias tuvieron que sortear, demostrando a cabalidad la experticia de Bitton en maniobrar este tipo de aeronaves de escasa dimensión. Diez largas horas fue la duración de esta travesía que concluyó con éxito cuando la avioneta posó sus ruedas en el aeródromo de la isla Boran, cerca del mediodía.

CAPÍTULO 10

El trayecto entre el hospital isleño y la habitación que ocupaban Renata y Gilbert en el Hotel Morovan fue corto, no duró más de diez minutos. Durante el recorrido, ningún dato o comentario relevante sobre su desaparición hizo Gilbert a Renata. El vehículo de alquiler era conducido por un isleño que estaba tan atento a la conducción como al más mínimo gesto o palabra esbozada por sus pasajeros. Tampoco Gilbert tenía intención alguna de revelar los verdaderos acontecimientos en los que estaba y estuvo envuelto, porque no quería contrariar a su consorte con un episodio de esta naturaleza. Además, el amor que sentía por Renata era lo único auténtico y real que afloraba en su historia personal, y en honor a ello, estaba decidido a ocultar, a como diere lugar, los pasos oscuros que desde un tiempo estaba dando en su azarosa vida, al margen de su vida sentimental.

Sin embargo, en este corto desplazamiento, se agolparon en su mente, de manera incontrolable, aquellas circunstancias que originaron su incursión en la organización secreta de eliminación selectiva de ciudadanos inmigrantes de África y del Medio Oriente, que podían desestabilizar la apacible vida de los franceses, en especial, proteger la seguridad y el bienestar de los parisienses, cuna de origen de Gilbert y símbolo emblemático de la República Francesa. Corría el año 1988, cuando un Gilbert Nicolleux con veinticinco años, hijo único de una aristocrática familia francesa, quería perpetuar el éxito económico que le había proporcionado su familia, que le permitiera mantener su *status quo* y, con ello, conservar los privilegios que demandaba la alta sociedad.

Había sido criado y educado en los mejores colegios de París con todos los privilegios a los que la sociedad parisina podía aspirar, teniendo una gran ascendencia su padre Paul en su formación personal. Tantas veces escuchó decir a sus progenitores, en especial a su padre, que la grandeza de Francia en la historia universal obedecía a la calidad de personas que habían nacido en ese país, dando lo mejor para el robustecimiento nacional y europeo. Lo peor que les podría suceder era tener fronteras abiertas para el ingreso ilimitado de foráneos, debido a que tal política de Estado, instaurada aproximadamente una década atrás, había sido el punto inicial para que ingresaran todo tipo de individuos que necesariamente producirían un debilitamiento de la república y del bienestar de los parisinos, ciudad donde se concentraba la mayor población migrante.

Recordaba con nitidez la noche del 5 de julio de 1988, cuando su amigo de toda la vida, François Menardé, con quien había compartido varias horas en un afamado restaurante de los Campos Elíseos, le confidenció que se estaba creando una empresa que necesitaba contratar a profesionales periodistas de la alta sociedad, con buenas expectativas económicas. Gilbert mostró interés, toda vez que hacía poco tiempo se había titulado como tal en la prestigiosa Universidad de la Sorbona, realizando esporádicos trabajos para periódicos locales de segunda línea, que le proporcionaban algunos ingresos inestables, lo que le impedía proyectarse a futuro como él deseaba.

François, ante la respuesta animosa de Gilbert, le manifestó que más información no podía proporcionarle, salvo los datos que debía anotar discretamente. Seguidamente, Gilbert sacó del bolsillo derecho de su chaqueta una pequeña agenda, donde registró los siguientes datos: «Avenida... N°..., oficina N°..., donde debía comunicarse con cualquiera de los encargados que allí se desempeñaban, suministrándole los nombres.

—Me encargaré de avisar que en los próximos días tú irás a presentarte, de modo que te sea más fácil el acceso al lugar —manifestó François, mientras palmoteaba la espalda de Gilbert por esta decisión.

—Señores, hemos llegado a su hotel —fue la única frase que dirigió el chofer a Gilbert y a Renata, cuando se disponía a estacionar frente al acceso principal del Hotel Morovan. Gilbert, ensimismado durante todo el trayecto en su viaje repentino, simulado como un secuestro y sus primeros inicios como periodista, tuvo y tenía la mirada perdida en el horizonte azul e infinito, sin musitar palabras, cuando escuchó al chofer que habían llegado al Morovan.

Renata, presumiendo que su marido estaba aún en estado de *shock*, comprendiendo, además, su convalecencia por las lesiones sufridas y por el trauma psicológico que de seguro le produjo su cautiverio, solo se limitó a acariciar durante el recorrido las manos que Gilbert mantenía entrecruzadas sobre sus rodillas. Luego de bajar del vehículo de alquiler, ingresaron con paso cansino por el *hall* del hotel, saludando tibiamente a dos empleados que estaban en la recepción, para luego llamar al elevador y dirigirse a la habitación. Mientras ambos esperaban el ascensor, Renata deseaba con ansias llegar a la habitación para conocer en detalles las peripecias, los motivos y la traumática experiencia vivida por su marido durante los días que estuvo separado de ella.

Gilbert, contrariamente, no tenía premura alguna en narrar su particular realidad, de modo que, durante los instantes de espera del ascensor, trataba de hilvanar algunas ideas centrales del monólogo, donde él iba a ser el único protagonista en los próximos minutos. Con la lucidez acostumbrada para sortear situaciones de esta índole, Gilbert cumplía a la perfección el papel de víctima, de manera que en ningún instante Renata tuvo ni la menor sospecha de ser ella la verdadera víctima en estos episodios.

CAPÍTULO 11

Si bien el viaje había sido una odisea que no le gustaría repetir, mientras se aprestaba a aterrizar la aeronave en la isla, Lucién no pudo evitar comentarle al piloto Bitton acerca de la belleza que se apreciaba desde la altura, donde la salvaje vegetación verde y el profundo mar azul conjugaban a la perfección con la arena blanca que recorría todo su litoral. Bitton asintió con su cabeza, dando a entender que compartía ese comentario, en el preciso momento en que iniciaba las maniobras de descenso.

«No pudo elegir otro lugar más hermoso Renata para su luna de miel», reflexionaba para sí misma Lucién. Sin embargo, el propósito de su viaje no era disfrutar de la isla ni de sus bondades paisajísticas, sino que era contactarse en persona lo más pronto posible con Renata, por lo que no trepidó ni un segundo en tomar un automóvil de alquiler de los escasos que frecuentaban el pintoresco aeropuerto isleño y se dirigió al Hotel Morovan, donde se hospedaba su amiga.

Se dirigió a la planta baja del hotel, sector de recepción de huéspedes, desde donde imaginó que le habían contestado negativamente todas las veces que intentó tener contacto telefónico con su amiga. Al llegar al sector, se aproximó a un mesón de madera nativa, donde una empleada del hotel cumplía labores administrativas. Preguntó por la habitación que ocupaba Renata, empero, tanto la funcionaria que allí estaba, como también las restantes empleadas encargadas de proporcionar alguna información sobre sus huéspedes, previamente le formularon un sinnúmero de preguntas a Lucién, sin que ninguna de ellas fuese satisfactoria para darle la respuesta que esperaba esta última.

—¿Usted es hermana de la señora Renata?

—No —contestó Lucién.

—¿Es pariente de ella?

—No, tampoco —fue la respuesta.

—¿Tiene algún grado de familiaridad con su marido?

—No —fue nuevamente la respuesta que daba Lucién.

Finalmente, una mujer medianamente madura, que por su forma de comportarse daba a entender que tenía un cargo jerárquico en el hotel, le preguntó a Lucién con un tono autoritario:

—¿Por qué quiere saber el paradero de la señora Renata? ¿Qué relación tiene con ella?

—Soy amiga, somos muy grandes amigas y he sabido que no está viviendo un buen momento en este lugar. Necesito saber de ella y acompañarla en esta situación que le aqueja —fue la respuesta de Lucién, con cierto atisbo de malestar.

—Lamentablemente, el carácter de amiga que dice tener no es suficiente para que le entreguemos información. Nuestros residentes son especiales y nos piden que guardemos total confidencialidad y privacidad en torno a sus hospedajes, salidas, entradas o cualquier información que puede interferir con su descanso, más aún en el caso de la señora Renata y su marido —fue la frase final esbozada por la encargada del hotel.

Esta última respuesta más la desorientó y confundió, porque denotaba que las personas del hotel tenían plena conciencia por el momento que estaba pasando el matrimonio de su amiga. No obstante, lo persistente con sus preguntas, nada había obtenido hasta ahora Lucién, por lo que medianamente abatida, formuló una última consulta, esperando que esta, ojalá tuviera alguna respuesta satisfactoria.

—¿Tienen habitación disponible para pernoctar en este hotel?

—Lamentablemente no, todo ya está reservado y ocupado, no existen habitaciones, menos para una sola persona, atendido a que, dentro de las políticas hoteleras de la isla, las habitaciones deben ser necesariamente matrimoniales o familiares, careciendo, por ende, el Hotel Morovan de habitaciones singles —fue la respuesta recibida.

Lucién, molesta, frustrada y abrumada por no saber aún de Renata, se retiró cabizbaja del Hotel Morovan, cargando el pequeño bolso que contenía los enseres personales para la ocasión, caminando con lentitud y con la mirada pegada al piso de piedra por el que se accedía al hotel, tratando de encontrar en el suelo algún atisbo de iluminación para los próximos pasos que daría. Había caminado alrededor de unos cien metros cuando vio que, en sentido contrario al suyo, pasó un taxi en dirección al hotel, sacándola de su marasmo momentáneo provocado por el ruido natural que produce el desplazamiento de cualquier vehículo a motor por un camino que en ese sector era empedrado. Irguió su cabeza y se percató de que el vehículo de alquiler se dirigía directamente a la entrada principal del Morovan.

No titubeó ni un momento y se dirigió donde el conductor para preguntarle acerca de otros lugares conocidos para hospedarse en la isla, toda vez que había perdido todo contacto con el piloto Jacques Bitton, quien se había quedado en la zona del aeropuerto, por lo que la posibilidad de regresar con él no era razonable y, además, no estaba en sus planes abortar con rapidez esta travesía, desconociendo la situación personal que atravesaba Renata. Presurosa, se desplazó al estacionamiento del Morovan a fin de indagar con el conductor del móvil la información que le interesaba y, cuando se aprestaba a hacerlo, se percató de reojo que los pasajeros que había trasladado eran un hombre y una mujer que acababan de traspasar la puerta principal del hotel, que estaba cubierta de vidrios cristalizados. Presa de la curiosidad y más que nada por un impulso repentino, de seguro porque esas siluetas le eran familiares, se desistió de arrimarse al chofer del taxi y, por el contrario, reingresó raudamente al Morovan, observando a la distancia, dentro del *hall*, que Renata y Gilbert eran los pasajeros que habían descendido del taxi e ingresado recientemente al hotel, quienes se predisponían a tomar un ascensor.

Una expresión indescriptible reanimó el rostro de Lucién, quien, de un momento a otro, experimentó una transformación completa de su estado de ánimo. Tenía a pocos metros de distancia a quien venía a visitar, su entrañable amiga Renata. Pero, además, a su lado, estaba el desaparecido Gilbert.

Era el momento que no debía desperdiciar, por lo que impulsivamente y, antes que cualquiera de las empleadas del hotel interfiriera en sus pasos, se aproximó aceleradamente adonde estaba la pareja.

CAPÍTULO 12

Ante el asombro de Gilbert y Renata por la aparición imprevista de Lucién, quien de manera incontrolable abrazó a su amiga y también esbozó gestos de confraternidad con Gilbert, que presentaba un rostro demacrado y alguna dificultad menor al caminar, el reencuentro se produjo en el momento en que el matrimonio iba a ingresar a uno de los elevadores del hotel.

—¿Qué haces aquí? —preguntó intrigado Gilbert, y al unísono Lucién exclamó—: ¡Qué bueno que estés acá, Gilbert! Estaba muy preocupada por tu desaparición, sabía que Renata estaba angustiada por todo lo que sucedía, más aún en su luna de miel y en un lugar donde no tenía compañía. Por eso tomé la decisión de venir para saber de ella y de ustedes.

Renata agradeció el gesto de su amiga y le preguntó adónde se estaba hospedando, respondiendo Lucién que solo hacía algunos minutos que había llegado a la isla Boran y aún no había indagado por hospedaje. Los tres subieron en el ascensor e invitaron a Lucién a compartir algunos minutos en su habitación.

Gilbert, menos locuaz que de costumbre, reflexionaba que la irrupción inesperada de Lucién en algún grado lo incomodaba, pero en otro sentido fue un salvavidas oportuno, porque podía posponer narrar todos los detalles a su esposa de la experiencia personal que deseaba construir para no levantar sospechas.

—Vamos a nuestra habitación para compartir un momento, además que aprovecharé para pedir que nos traigan algunos bocadillos para los tres, porque han sido unos días estresantes y de permanente preocupación —fueron las palabras que Renata dirigió a su amiga mientras se dirigían a sus aposentos.

A su vez, Gilbert añadió:

—No te preocupes por el lugar donde pernoctarás esta noche. Tenemos un cuarto adicional equipado en nuestra habitación, en el cual te puedes quedar hasta mañana. Pediré que te reserven un asiento en el vuelo que sale mañana a las 14:00 horas desde la isla a París. Yo me haré cargo de los costos, como una forma de agradecer tu bello gesto de venir a acompañar a mi esposa.

—No es necesario que lo hagas —replicó Lucién, pero ante la insistencia de Gilbert, finalmente accedió a pernoctar en el mismo departamento, aunque no muy convencida del todo.

Renata pidió a la recepción que le enviaran a la habitación algunos platos que preparaban en el hotel, evitando concurrir al restaurante por el grado de estrés que mantenían, tanto ella como su esposo, así como para no colocar en una situación incómoda a Lucién, quien hasta esos momentos era una extraña del lugar. De igual manera, deseaba no perder la privacidad, más ahora que su marido de seguro le iba a narrar la odisea sufrida en su cautiverio. Ansiaba escuchar de la voz de Gilbert lo que en realidad le había sucedido, empero, este último, lacónicamente se refirió a los hechos de manera muy generalizada, argumentando que no se encontraba en condiciones físicas ni psicológicas para recordar detalles de todo lo acontecido.

De manera pausada, mientras se servían algunos bocados, comenzó su relato:

—Fui secuestrado por varias personas que no pude identificar, debido a que me cubrieron la vista desde un primer momento y luego me trasladaron a un lugar completamente desconocido en la misma isla Boran. Pidieron por mi rescate una alta suma de dinero y tuve que dar el teléfono de mi padre, Paul, con quien seguramente negociaron mi liberación y supongo que mi padre accedió a las pretensiones de los secuestradores. Me lanzaron a plena oscuridad de un móvil en que se desplazaban, cerca de un muelle de un lugar que se conoce como Saint Sabán, donde, desorientado en su totalidad, me quedé esperando hasta que amaneciera. Producto de la caída me dañé el rostro, quedando con lesiones en la sien derecha y barbilla. Perdí la noción del tiempo, ignorando cuántos días transcurrieron. Ahora mi mayor deseo es descansar y dormir —concluyó Gilbert.

Renata y Lucién, con un mutismo absoluto, escucharon con atención la narración de lo acontecido a Gilbert, sin formular comentario alguno, salvo al final, para decirle que lo compadecían en lo más profundo, tomándole de sus manos Renata y acariciando su cabeza con suavidad.

En esos momentos, Lucién sentía que estorbaba, estaba consciente de que debía dejar solos a Renata y Gilbert, por lo que, con el pretexto de bajar a fumar un par de cigarrillos, salió de la habitación con la indumentaria que portaba y se dirigió a la cafetería del hotel para ordenar sus ideas y dejar transcurrir algunos minutos, reflexionando acerca de este extraño día que había vivido.

Estando en la cafetería, lugar de mucha concurrencia en esos momentos, pues coincidía con el horario en que muchos de los visitantes bajan a los comedores a servirse algún alimento, Lucién solo se limitó a solicitar un tradicional té isleño que al parecer todos bebían, una costumbre milenaria consistente en una infusión de hierbas autóctonas cuya tradición es servirlas después de ingerir algún alimento contundente. Esto le permitió mirar su entorno con más tranquilidad al saber que Renata y Gilbert volvían a estar nuevamente juntos. En estos breves momentos, observó la multitud de turistas que circulaban, apreciando que todos ellos estaban gozando en plenitud su estadía en la isla. Podrían ser matrimonios, parejas ocasionales, amantes, familias tradicionales, a quienes veía radiantes de felicidad, disfrutando el día. En fin, era un sinnúmero de interrogantes que se hacía, como una forma de que el tiempo pasara más rápido que de costumbre, más aún que su soledad física era agravada por su soledad sentimental.

En esta meditación superficial se encontraba Lucién cuando una voz varonil la sacó de su ensimismamiento, escuchando que le preguntaban:

—Lamento importunarla, pero usted no puede estar en esta zona. En realidad, usted no puede permanecer al interior del hotel porque no tiene la calidad de huésped, según advierto. Le solicito de manera respetuosa que haga abandono de este —fue el requerimiento formulado por un ejecutivo del hotel al apreciar que Lucién no portaba consigo un distintivo notorio, que todos los visitantes del hotel debían tener instalados en sus muñecas.

—Sí, reconozco que no me encuentro registrada. No tengo problemas para pagar una habitación, de hecho, existe un matrimonio que me autorizó ocupar una dependencia adicional dentro de su departamento por esta noche porque mañana regreso a mi país. Estoy llana a pagar lo que corresponda y así regularizar mi situación —fue la respuesta y, a la vez, la petición que le formuló Lucién al individuo que la estaba interpelando para hacer abandono del recinto.

—Lamento su situación, pero debe acatar lo que le digo —continuó su interlocutor. A la vez, inquirió a Lucién, preguntándole acerca de quién la había autorizado para quedarse en el hotel.

Lucién, dudosa de decir el nombre de Gilbert para no delatarlo y así incomodar mucho más a Renata, a quien apreciaba sobremanera, respondió a media voz:

—Fue una pareja de una habitación, cuyos nombres no recuerdo con exactitud, pero conociendo cuáles son las reglas del hotel, pierda cuidado y procederé a retirarme de inmediato.

Cogió el pequeño bolso de mano que llevaba consigo, con discreción subió a la habitación, le comentó de prisa a Renata este sutil altercado y luego se despidió de ella, haciendo abandono del Morovan Hotel. En esos momentos, Gilbert dormía en su habitación. Su próximo e inmediato paso era buscar un lugar para hospedarse esa noche y al día siguiente deseaba contactarse nuevamente con Renata antes de embarcarse a su país, para saber algún entretelón nuevo de lo acontecido con Gilbert, cuyo relato no la satisfizo del todo.

Encontrar un hospedaje en la isla en esa época y en las postrimería del día no era una tarea fácil, por lo que, luego de recorrer varios hoteles aledaños sin resultados satisfactorios, no tuvo más alternativa que alojarse en una de las casas de los residentes originarios de la isla Boran, quienes rentan por días algunas pequeñas habitaciones de sus domicilios por un precio mucho menor que el de los hoteles.

—Bienvenida a casa —fueron las palabras con las cuales una isleña, de edad avanzada, recibió a Lucién esa noche.

—Gracias —espetó Lucién.

Yarinka, una anciana de unos 75 años de edad, era la mujer que con amabilidad había recibido a esta nueva huésped, percatándose Lucién que, junto con ella, había varias personas más que también alojaban en esa casa, dentro de las cuales le llamó la atención un joven de tez morena, que se notaba apesadumbrado y triste, que al parecer entendía el idioma francés por unas breves palabras que le escuchó hablar cuando charlaba con otro muchacho.

Se acercó al joven y luego de un intercambio de palabras, propias del preludio que existe entre dos personas desconocidas, la amiga de Renata se identificó como Lucién y, de manera instintiva, preguntó al muchacho:

—¿Cómo te llamas?

—Mi nombre es Jaquem —respondió el joven, con voz baja, temeroso como si se delatara de un hecho criminal.

Era el inicio de una conversación trivial, que con el pasar de los minutos cambió completamente.

CAPÍTULO 13

Era la primera vez que Gilbert debió soportar sacrificios físicos en el cumplimiento de las múltiples misiones que había tenido que cumplir para Monsieur L durante los años de permanencia en la organización. Al momento de su aparente secuestro desde uno de los pasillos del hotel Morovan, dos de los supuestos secuestradores le dieron golpes de puño y puntapiés para reducirlo. Al ser encontrado por la policía local en unos roqueríos de la isla, el mismo Gilbert, después de haber sido dejado por integrantes de la organización en el sector de Saint Sabán, tuvo que autolesionarse en ciertas partes del rostro para aparentar haber caído desde un vehículo en movimiento, de modo de hacer verosímil su relato ante las demás personas, en particular, frente a su esposa Renata.

Por el contrario, en las restantes misiones cumplidas, en su mayoría llevadas a cabo en la misma isla a la cual ellos mismos llamaban «El Refugio», no fue necesario incurrir en sacrificios físicos como ocurrió en esta última oportunidad. En paralelo al cumplimiento de esos encargos, Gilbert era encomendado a cubrir algún evento social que se llevaba a cabo en alguno de los países europeos, a fin de justificar su ausencia durante esos días.

Renata, en estos tres años de conocer a Gilbert, desde un inicio supo que era periodista, profesión que en efecto tiene su marido, por haberse titulado en la Universidad de la Sorbona. Ella, además, se interiorizó en que se había especializado en el área de los eventos sociales y espectáculos públicos, cubriéndolos para diversas revistas que se dedicaban a este tipo de noticias, lo que le obligaba ausentarse algunos días para esos menesteres. Para

Renata, el hecho de no ver a Gilbert durante tres o cuatro días consecutivos no era novedad, pues así lo conoció y comprendía a la perfección que por la naturaleza de las labores que profesionalmente realizaba, su ausencia era esperable.

Sin embargo, no esperaba ni era esperable que, en el comienzo de su luna de miel, después de un ansiado matrimonio tan anhelado por ella, nuevamente estuviera distanciado de su gran amor. Este hecho estaba fuera del alcance de Gilbert y por consiguiente nada le podía reprochar, sino que, por el contrario, comprenderlo, acompañarlo y brindarle todo el cariño y apoyo que en estas circunstancias se merecía, actitud que adoptó desde un primer momento Renata y que se exteriorizó a partir de que Lucién hizo abandono de la habitación. Esa noche ambos descansaron y se durmieron acurrucados, con la esperanza cierta de que el próximo día sería muy distinto a los anteriores.

Renata reflexionaba que lo más aconsejable era no perturbar a su marido esa noche, aduciendo que tantos días de incertidumbre, insomnio y preocupaciones recíprocas habían generado un cansancio mental adicional. Ella de verdad lo sentía en carne propia, pues desde el mismo día en que desapareció Gilbert no pudo dormir profundamente y, si lo hizo, pesadillas incontrolables la despertaban a menudo.

En paralelo, Gilbert también se sentía acongojado y agotado físicamente porque tuvo que desdoblarse en sus papeles. Asimismo, la culpabilidad que iba horadando su interior, esta vez fue mayor al tener que abandonar a Renata en plena luna de miel, sin que él haya podido hacer cambiar el rumbo de los acontecimientos. Mientras apoyaba en plenitud su rostro en la almohada, Gilbert se lamentaba la mala suerte de tener que cumplir una misión en este trance de su vida y, lo peor aún, que no pudo alcanzar ningún objetivo agradable a los ojos de Monsieur L, lo que le valió además una reprimenda de este último.

Si algún sentimiento de culpa había en Gilbert respecto de Renata, este era opacado por el sentimiento de rabia en contra de Jossian, quien había sido el responsable de coordinar la captura de los treinta prisioneros que le tocó interrogar, operación que solo fue una pérdida de tiempo, por lo que consideraba el actuar de este individuo de ineficiente. Conforme a uno de los varios protocolos que regía la organización y que caracterizaba la jibarización de la misma, tenía relación con el proceso de captura de personas inmigrantes, respecto de las cuales existían numerosas células de empleados que, a cambio de recibir unos pocos francos, buscaban afanosamente a sospechosos de andar en malos pasos después que ingresaban a Francia. Si algunos de aquellos tenían ese perfil, se indagaba su identidad y la información obtenida era traspasada a uno de los miembros preseleccionado, quien a su vez era el encargado de comunicarle a Monsieur L. Una vez que la captura se materializaba, trasladando a los retenidos generalmente a un lugar recóndito o a una isla lejana, Monsieur L solía utilizar a Gilbert para que recabara información calificada de cada uno de esos detenidos, a través de procedimientos pocos ortodoxos, como era habitualmente el flagelo físico y psicológico.

En esta oportunidad, se le hizo saber a Gilbert para que se apersonara en el lugar donde estaban retenidos los prisioneros, simulando un secuestro desde el mismo hotel donde pernoctaba. Jossian había sido quien efectuó esta última comunicación, por lo que sus postreros pensamientos antes de dormirse fueron dirigidos hacia él, más que a Renata. Ante este cúmulo de sensaciones contradictorias, Gilbert optó por conciliar el sueño, siendo presa de sí mismo en un par de minutos.

CAPÍTULO 14

Jaquem manejaba con mucha fluidez el francés, hecho que no pasó inadvertido para Lucién, quien, para salir de la duda, le preguntó por mera curiosidad sobre tal habilidad. El joven le respondió:

—Estudié el idioma francés en una academia de Kabul, mi ciudad natal, de la cual emigré en el año 1993 cuando la guerra civil afgana se incrementó de sobremanera, por lo que el futuro para cualquier joven en esas condiciones se tornaba sombrío.

—Me imagino que si tenía interés en manejar el francés, su propósito era emigrar a Francia y no quedarse en esta isla, que, si bien tiene una naturaleza salvajemente hermosa, no es la más apropiada para emerger —fue la consabida reflexión e interrogación que Lucién le formuló al muchacho, quien estaba muy deseoso de charlar con alguien foráneo.

Jaquem bajó la cabeza, su rostro cambió de aspecto y con su mano derecha se tocó la barbilla, detalle que fue captado por Lucién. Luego añadió:

—Ese era el propósito inicial, trasladarme a Francia para darle un giro a mi vida; debido a que mis padres habían fallecido, la única hermana que tenía vivía en condiciones paupérrimas y yo quise aprovechar mi juventud, mis ilusiones, mis deseos para no seguir el mismo camino. Así, también podría haberla ayudado a la distancia, pero aquello se frustró —fueron las palabras que salían de los labios de Jaquem, mientras Lucién escuchaba con atención cada monosílabo que retumbaba en sus oídos.

—¿Por qué dices que aquello se frustró? —preguntó Lucién, no logrando entender en su contexto las palabras dichas por su interlocutor.

—Me da un poco de temor narrar mi penosa experiencia, más a una persona que no conozco, como usted —fue la escueta contestación dada por Jaquem.

Lucién con cierto atisbo de inquietud, comenzó a mostrar interés en la conversación y replicó:

—Mira, Jaquem —dijo, abriendo un compartimento de su bolso del cual sacó algunos papeles—, soy Lucién Muzard, soy francesa, vivo en París. Estoy esperando regresar a mi país lo antes posible, como tú puedes constatar de estos documentos personales que tengo en mis manos. De manera que nada oculto, menos a ti, que en estos pocos minutos he percibido que eres una persona sincera que clama ayuda y, quizás, yo podría hacer algo por ti para que residas en Francia.

Jaquem, ante esas palabras, se mostró más abierto a la conversación que sostenía con esta dama francesa, añadiendo:

—Agradezco sus buenas intenciones, pero no quiero por ningún motivo volver a ingresar de nuevo a su país.

—¡¿Cómo?! No entiendo eso que me dices de «ingresar de nuevo» a Francia. ¿Estuviste antes en Francia? —fue la nueva pregunta formulada por Lucién.

—Sí, pero esa experiencia no me trae buenos recuerdos —dijo Jaquem con cierta tristeza.

—¿El gobierno francés no autorizó tu ingreso al país? —preguntó Lucién.

—Cuando hice los trámites ante la policía de inmigración de Marsella —respondió Jaquem—, me autorizaron residir por tres meses y me informaron que si encontraba una fuente laboral, el permiso podía extenderse en el tiempo, por lo que en las primeras semanas en esa ciudad me limité a buscar algún trabajo, recorriendo cuanto lugar se puede imaginar.

—¿No pudiste encontrar una fuente laboral durante los tres meses y terminaron cancelando tu visa? —comentó Lucién.

—Mucho peor que eso —susurró Jaquem, agregando—. No alcanzaba a cumplir tres semanas, cuando varios individuos que se desplazaban en un vehículo me abordaron y me hicieron subir. Me trasladaron a un edificio en estado de abandono en la periferia de Marsella, me interrogaron acerca de mi origen y me tuvieron retenido e incomunicado por cinco días. Al final de esos cinco días éramos siete las personas retenidas, todos de sexo masculino y extranjeros, quienes se encontraban en las mismas condiciones, cantidad que con el paso de las horas se incrementó en número.

—Qué horrible lo que le sucedió. ¿Esas personas no se identificaron como policías? —preguntó Lucién.

—Ellos nunca se identificaron, pero lo peor vino después cuando todos los rehenes fuimos trasladados en una avioneta a una isla desconocida, donde nos reunieron con una multitud de personas, quienes por sus acentos, características físicas y rasgos se notaba que también eran foráneos, la mayoría de África. En ese lugar fuimos nuevamente interrogados uno por uno y, a la vez, fuimos flagelados y golpeados por un individuo que estuvo dirigiendo en todo momento el interrogatorio —comentó Jaquem, mientras se notaba su desasosiego.

—Comprendo, lo lamento y me imagino el sufrimiento padecido por todas las personas y por ti en especial. Disculpa que te haya traído a la memoria esta vivencia tan cruda —dijo Lucién, sintiéndose invasora de este trauma personal.

—No se preocupe, por el contrario, me alivia contarlo. A nadie se lo había hecho saber y es un peso y pena muy grande que cargo día a día —fue la respuesta de Jaquem, confidenciándole que el narrarle estos hechos ha sido un momento liberatorio para él.

Luego de consumir algunos comestibles que prepararon en un rincón de la vivienda donde estaban hospedados, Lucién le hizo a Jaquem la pregunta que estaba rondando en su mente:

—¿Cómo llegaste a la isla Boran desde la otra isla que tú desconocías?

Jaquem, sin evitar emocionarse al responder, manifestó:

—La buena suerte me permitió estar donde hoy estoy, porque muchos de los demás rehenes murieron de hambre, de sed y por los cruentos castigos de que fueron víctimas. Yo fui uno de los pocos afortunados. Al retirarse el contingente de individuos que nos habían secuestrado, nos dejaron abandonados. Yo, con un iraní y un marroquí, hicimos una embarcación con troncos que estaban esparcidos por doquier en la isla y nos hicimos a la mar, con un poco de abastecimiento de agua dulce sacada de una laguna pequeña, agua que colocamos en bidones abandonados.

Lucién escuchaba atenta y muy intrigada el relato.

—Si nos quedábamos allí —prosiguió Jaquem—, la muerte nos acecharía cada mañana. A poco de navegar, me imagino que, al cabo de unas cuatro horas, por casualidad divisamos una embarcación pesquera. Agitamos nuestros brazos y con la poca energía que nos quedaba, gritábamos que nos ayudaran, con la buena suerte de que la tripulación de la nave no trepidó en socorrernos, permitiendo subirnos a la embarcación. Una persona, supongo que sería el capitán, nos dijo que ellos iban hasta la isla Boran, donde teníamos que descender, ofrecimiento que fue aceptado de inmediato por todos nosotros —fue el epílogo de la travesía que narró Jaquem. Y aquí estoy —dijo Jaquem, levantando ambos brazos, como sinónimo de aceptar que el destino manda.

Lucién, asintiendo con su cabeza, le dijo que compartía plenamente estas expresiones, reafirmando que, en efecto, muchas veces el destino manda. Luego de unas palabras amables y de haber anotado en una libreta de notas los datos personales de Jaquem, Lucién se despidió y se retiró a dormir. No iba a ser el único encuentro casual entre ambos.

CAPÍTULO 15

Alrededor de las 09:00 horas, cuando un nuevo y radiante día de sol se dejaba caer sobre la isla Boran, Renata saludaba con mucha dulzura a su marido, quien tenía un aspecto renovado y saludable. Una de las virtudes que Renata siempre valoró enormemente en Gilbert era su capacidad de sobreponerse a las dificultades, mostrando un aplomo y seguridad que la seducían, no siendo esta la excepción, debido a los desagradables días que le tocó vivir. Esta actitud también ayudó a Renata a despertarse animosa y con deseos de disfrutar el desayuno que se ofrecía en uno de los salones principales del hotel.

—Si bien me comentaste la decisión de abandonar la isla antes del tiempo programado, estimo que aquello puede ser contraproducente, porque lo que me sucedió no volverá a ocurrir, según lo informado por la policía de Boran, quienes me dijeron que me quedara tranquilo debido a que habían duplicado el personal de seguridad en todos los lugares de ingreso de personas, ya sea aeropuerto, muelles y el puerto isleño —fue la sugerencia que Gilbert formuló a Renata mientras degustaba una de las exquisiteces que estaban preparadas para desayunar.

—Sí, en verdad tienes razón —fue la respuesta dada por Renata, advirtiendo la convicción plena de las palabras de su consorte, añadiendo—. Además, llegamos a esta isla con tantas ilusiones de disfrutar nuestra luna de miel que no quiero quedarme con este deseo inconcluso, el que esperaba desde hacía mucho tiempo —concluyó Renata, mientras cogía una de las manos de su esposo para acariciarla tenuemente.

Fue una mañana distinta y maravillosa para ambos, quienes luego de compartir amorosamente cada segundo de este nuevo día, se sentían abstraídos del resto de las cientos de personas que circulaban por todos los rincones del hotel.

A media mañana, cuando ambos estaban descansando al borde de una de las piscinas, tendidos en una silla de playa, fueron interrumpidos por Lucién, quien aprovechó la congestión de turistas que estaban en el salón de recepción del hotel, se escabulló y logró ingresar a las diversas áreas de acceso, percatándose de que sus amigos se encontraban en este lugar.

—Hola, Renata. Hola, Gilbert. ¿Cómo amanecieron? —fue el consabido saludo dado por Lucién.

—Amanecimos muy bien y estamos con entusiasmo de continuar nuestra luna de miel, así me lo hizo saber Gilbert y yo feliz junto a él, con la confianza de que no volverán a suceder hechos tan lamentables como los vividos —fue el recibimiento dado por Renata, quien estaba muy agradecida del sacrificio hecho por su amiga, cuyo afecto y confianza hacia ella notoriamente había aumentado por esta circunstancia particular.

Gilbert asentía y corroboraba lo dicho por Renata, sorprendiéndose Lucién por el aplomo y vigor extraordinario de este hombre, quien se veía tan entero que nadie hubiese podido imaginar que solo hacía un par de días estuvo viviendo un calvario infernal.

Lucién al verlos tan animosos, optimistas y felices, solo les deseó que siguieran disfrutando esta estancia a flor de piel por el resto de los días, aprovechando de comunicarles que se venía a despedir, debido a que se había contactado con el piloto Jacques Bitton, quien había pernoctado en un departamento ubicado en el sector del aeropuerto de la isla, generalmente destinado para ser utilizado por los pilotos que tienen que quedarse en la isla después de un vuelo de muchas horas.

Lucién sabía que Bitton se iba a quedar a dormir en ese lugar, por lo que a primera hora del día se trasladó al aeropuerto y, luego de las averiguaciones de rigor, dio con él, poniéndose de acuerdo para regresar a Paris, porque el propósito que la había traído a este lugar se había cumplido, por lo que concordaron una hora que el tráfico aéreo y las autoridades lo permitieran, para emprender su regreso.

Fue un viaje relámpago para Lucién, quien se sentía cansada pero contenta, porque el padecimiento de su amiga había llegado a buen fin, todas las cosas aparentemente volvían a su normalidad y, además, llevaba consigo un compromiso personal de averiguar las razones por las cuales Jaquem había sido expulsado de Francia.

Tal como lo pronosticó Gilbert, el resto de sus vacaciones en la isla Boran fueron del agrado de Renata y ambos aprovecharon estos días para regalonearse mutuamente y brindarse todo el amor que dos personas que se aman pueden prodigarse. Para Renata, si bien la luna de miel en la isla Boran fue de dulce y agraz, ella intentó quedarse solamente con lo primero, desterrando aquellos primeros días de abatimiento cuando tuvo que lidiar con el desconcierto, producto del secuestro de su marido. En su mente, quiso atesorar únicamente el resto de su luna de miel, que colmó espléndidamente sus expectativas, imaginando que el resto de su vida matrimonial iba a ser de esa misma forma.

Para Gilbert, esta luna de miel también, en parte, fue de dulce y agraz, aunque no tanto esto último, porque durante los días que permaneció en la isla Boran, la organización a la que pertenecía realizó un depósito de dinero por una suculenta suma en su cuenta personal bancaria, como recompensa por la misión recientemente ejecutada, aunque la glosa dijera «por concepto de honorarios por labores periodísticas».

CAPÍTULO 16

Caían unas tenues gotas que tornaban el piso de piedra resbaladizo, por lo que Gilbert, con un impermeable azul y un paraguas negro, se desplazaba con mucho cuidado por la Rue Aumont, calle angosta ubicada en el barrio Le Marais, paralela al río Sena, preocupado de no trastabillar y, al mismo tiempo, de observar meticulosamente los números de cada residencia, porque la dirección que en esos momentos buscaba se encontraba en esa arteria, caracterizada por grandes mansiones antiguas, de fachada gris y estilo gótico, denotando que la nobleza en su momento optó por residir en este lugar.

La numeración que buscaba era la 7340 y al levantar la vista se percató de que el último número que observó era el 6350, por lo que a partir de ese momento su caminar se hizo más lento, pues el lugar de destino estaba próximo.

En esos instantes, arribó a dos conclusiones: que cada metro que avanzaba, la numeración era mayor, lo que significaba que iba por buen camino y, además, el número anotado en su pequeña agenda de bolsillo debía estar al lado izquierdo de su posición, al igual que la última numeración que había visto, toda vez que en ese sector se agrupaban las construcciones con números pares.

Había caminado unos cien metros cuando divisó con cierta dificultad, debido a que la lluvia se había intensificado y la iluminación del lugar provenía de un farol muy antiguo, que el número que tenía enfrente le era familiar. Detuvo sus pasos, se acercó a una placa metálica donde figuraba la numeración, observando que se trataba del N°7340. Miró por segunda vez para no equivocarse y en efecto se trataba de la dirección que su amigo François le había indicado.

Se percató de que se trataba efectivamente de una construcción arquitectónica de estilo gótico, con cinco peldaños adyacente a su puerta de acceso, con el característico arco de medio punto, fachada que no pudo mirar en su conjunto por la oscuridad de la noche. Se acercó con timidez a la puerta y luego de unos segundos y de cerciorarse nuevamente que no estaba errado, oprimió el único botón de contacto que había en un rectángulo ubicado en el extremo derecho de la puerta. Lo tocó una segunda vez, ante la nula respuesta, pensando que, si no le respondían después de tres veces, no insistiría más y se retiraría del lugar.

No alcanzó a intentarlo por tercera vez, cuando escuchó una voz que del interior preguntaba su nombre.

—Me llamo Gilbert Nicolleux —respondió.

—¿Quién le sugirió que viniera a esta dirección? —fue la nueva pregunta que un individuo, de sexo masculino, le formulaba.

—François Menardé, amigo cercano de varios años, fue quien me sugirió acudir a esta dirección —fue la respuesta asertiva de Gilbert.

Luego de unos minutos de silencio, el interlocutor de Gilbert le dijo:

—Espere ahí, en un momento irá una persona de nombre Albert quien lo hará pasar.

—Entiendo —replicó Gilbert, cerrando su paraguas, al ver que la lluvia había cesado.

Al cabo de unos minutos se entreabrió la puerta, avistándose un individuo de rostro regordete y colorín que se identificó como Albert, quien luego de asegurarse de que Gilbert anduviera solo, lo invitó a pasar.

Eran las 21:15 horas del 5 de mayo de 1988 cuando Gilbert, a sus 25 años, traspasó por primera vez la puerta de entrada no solo de ese edificio, sino que también la frontera de una institución parisiense que iba a transformar su vida.

Subió a un ascensor, acompañado en todo momento de Albert, hasta llegar al tercer piso, donde fue recibido por un hombre de unos cincuenta años, quien nunca mencionó su nombre, pero ratificó que actuaba por orden de una tercera persona que estaba reclutando a profesionales de la información, en especial periodistas, para crear una institución que se dedicaría a cubrir eventos sociales a lo largo y ancho de Europa. Pidió a Gilbert que se identificara y, al mismo tiempo, le pidió que exhibiera toda la documentación personal que llevaba consigo, la que fue seguidamente fotocopiada y devuelta.

Luego de aquello, tuvo que responder un extenso cuestionario de alrededor de cincuenta preguntas, las que estaban impresas en un formato previamente diseñado.

Gilbert se acomodó en un escritorio que se le facilitó para la ocasión, cogió un bolígrafo negro y se dispuso a responder con mucho cuidado el cuestionario que se le entregó al efecto, labor que cumplió en aproximadamente treinta minutos.

Mientras respondía, Gilbert reflexionaba acerca de lo meticuloso de la institución a la cual estaba postulando, toda vez que nunca le habían formulado tantas preguntas relacionadas con la esfera personal, familiar y de amistad cuando había ingresado a prestar servicios profesionales en las diversas agencias informativas que le tocó laborar. Luego recapacitaba y pensaba que estas exigencias tendrían algún sentido porque debía tratarse de una empresa de mayor envergadura de aquellas que hasta ahora había conocido, pues de otro modo su amigo François no le habría sugerido que concurriera a este lugar.

Efectivamente, las preguntas que se le formulaban tenían que ver con aspectos personales de Gilbert: la familia a la que pertenecía, instituciones donde había cursado sus estudios desde pequeño, el círculo de sus amistades más cercanas, empleos ejercidos y actividades de recreación donde había participado, entre otras.

Una vez concluida la tarea, el mismo individuo recibió de manos de Gilbert el cuestionario completo debidamente respondido, para luego estrechar su mano y comunicarle que en unos treinta días más se le iba a contactar para informarle la decisión que se iba a adoptar a su respecto.

Así ocurrió. Transcurridas cuatro semanas, se le entregó a Gilbert personalmente en su domicilio un sobre cerrado y sellado, donde se le avisaba que había sido aceptado, debiendo presentarse dentro de tres días en un edificio situado al oeste de la zona céntrica de París para ser enrolado definitivamente.

Gilbert estaba feliz por esta noticia, imaginando que su campo profesional a partir de ahora iba a tomar un rumbo pleno de éxito y de momentos inolvidables.

CAPÍTULO 17

Una mañana brumosa y fría era la del 15 de agosto de 1988, inapropiada para la época del año, cuando Gilbert, vestido de forma elegante, se trasladó en taxi al edificio Regency Club, ubicado en La Défense, para ser recibido por la máxima autoridad de la empresa donde iba a prestar servicios.

Desde que supo que había sido aceptado, se dedicó en cuerpo y alma a recolectar artículos periodísticos de los diversos medios de prensa parisinos y de otras localidades, como Le Figaro, Le Monde, Libération, La Croix, Le Raison y Boheme, entre otros, seleccionando aquellos acontecimientos que consideraba relevantes en todos los ámbitos del quehacer noticioso, porque presumía que ahora se le iba a interrogar acerca de sus conocimientos y experiencia en el rubro de la información política, deportiva, cultural, económica y social, aunque a sus veinticinco años, estaba consciente de que tenía todo un mundo y toda la vida para seguir aprendiendo.

De igual manera, tuvo especial preocupación en comprarse una vestimenta para la ocasión, por lo que optó por un traje azul marino de lino con cortes clásicos y líneas finas, destacándose su chaqueta de vestir *blazer*, una corbata de seda color marrón que hacía juego con su camisa blanca y zapatos, estos últimos de color negro.

Con una etiqueta adecuada y un volumen de información periodística suficientemente básica, Gilbert ingresó al ascensor del edificio, marcando el piso 12, el que accedía a un pasillo que solo conducía a un solo lugar, «Empresa de Coberturas de Espectáculos Sociales», cuyo logo ECSS, de medianas dimensiones, se encontraba graficado en una de las vitrinas aledañas al acceso de ingreso.

En la puerta de entrada tuvo que identificarse ante un empleado que lo detuvo, siendo derivado de inmediato a una sala de espera, donde él era la única persona que se encontraba en ese sector. En el corto trayecto, saludó a tres personas que se desplazaban en distintas direcciones y que al parecer formaban parte del staff de empleados del lugar, llamándole la atención que no había ninguna mujer ni secretaria que cumpliera labores propias de oficina.

Permaneció sentado unos minutos en la sala de espera y, por curiosidad, se aproximó a un mueble pequeño, donde se encontraban numerosas revistas de espectáculos variados, en muchas de ellas se destacaba la frivolidad de los eventos. Luego de aproximadamente un cuarto de hora de espera, un individuo, también vestido con mucha elegancia, lo llamó por su nombre y lo invitó a pasar a una oficina aledaña.

Gilbert se puso de pie y obedientemente encaminó sus pasos a esa oficina; en el momento de ingresar a ella, el mismo individuo que lo había invitado a ingresar salió del lugar cerrando suavemente la puerta de entrada.

Frente a Gilbert se encontraba sentado un hombre corpulento y de complexión atlética, quien le sugirió que tomara asiento. Era el momento en que por primera vez Gilbert iba a tener contacto personal con Monsieur L.

—Señor Nicolleux, nos hemos dado el tiempo necesario para analizar todos sus antecedentes personales, encontrando que ellos reúnen los requisitos que estamos buscando.

—Gracias, señor —fue la escueta respuesta de Gilbert.

—Como usted ha podido ver en la publicidad que tenemos a la vista, nuestra empresa tiene como finalidad cubrir acontecimientos sociales de interés periodístico, por lo que su profesión en ese rubro constituye la primera condición que usted reúne —continuó expresando el individuo.

—Así veo, señor —respondió Gilbert.

—Nos interesa en todo caso cubrir solo noticias que tengan relación con la alta sociedad, la monarquía, sus escándalos, sus amores y desamores, sus bodas, en fin, todo acontecimiento que llame la atención, porque nuestro nicho de lectores, si bien es transversal, la publicidad que mejor paga este tipo de noticias es la de grandes marcas y fábricas de elite y estética mundial, a las cuales no podemos defraudar.

Gilbert, escuchaba con atención, limitándose solamente a asentir con su cabeza todo lo que decía la persona con quien parlamentaba.

—Me he interiorizado que ha trabajado temporalmente en algunos pasquines provincianos escribiendo notas relacionadas con el ámbito artístico, indagando y entrevistando a personas dotadas de algún talento a nivel local: un escultor de Noyers, un caricaturista de Gerberoy, una retratista de Patzon, un fotógrafo de Meaux, un muralista de Pontoise —dijo mientras ojeaba unos recortes de diversos ejemplares de prensa que tenía sobre su escritorio.

—Así es —respondía Gilbert, impresionado por toda la información recopilada en torno a su persona que manejaba este individuo.

—¿Qué me puede decir de François Menarde? —inquirió el sujeto.

—Es un amigo de juventud con quien he compartido muchas actividades, a quien le tengo mucha estimación —respondió Gilbert.

—¿Cuándo y en qué circunstancias le informó François de que se estaba reclutando profesionales en nuestra empresa? —continuó preguntando el individuo.

—Fue en una ocasión en que compartimos una cena al interior de un restaurante del Barrio Latino —fue la respuesta de Gilbert.

—¿Estaban solos o acompañados cuando le recomendó acudir a nuestra institución? —insistió indagando dicho individuo.

—Estábamos solamente los dos, no había terceras personas —respondió Gilbert, quien, sin titubear un momento, prosiguió—: Disculpe, señor, ¿cuál es su nombre, para poder dirigirme a usted por su apelativo? —fue la interrogación que ahora formuló Gilbert.

El individuo, manteniendo la parsimonia que a estas alturas era una de las características que Gilbert estaba observando, contestó:

—Mi nombre es Louis, basta que me identifique con ese nombre, o si le resulta más cómodo, mis más cercanos me dicen solamente «Monsieur L» —fue la respuesta dada.

—Muy bien —asintió Gilbert—, me referiré a usted a partir de ahora como lo tratan sus más cercanos.

CAPÍTULO 18

Mientras pasaban los minutos, el diálogo entre Monsieur Louis y Gilbert era más distendido, lo que significaba que el grado de confianza y empatía entre ambos era evidente y, cuando la conversación se prolongaba por tres cuartos de hora aproximadamente, Monsieur L, intentando concretar los motivos de esta visita, apuntó:

—Muy bien, hemos estudiado a fondo todos los datos suyos que nos interesan y, además, esta entrevista me ha servido para formarme una imagen acabada de usted, por lo que le comunico que a partir de ahora pasa a formar parte de nuestro equipo de trabajo, con una remuneración de mil francos por evento que cubra, además de un sueldo mensual de setecientos francos. ¿Está conforme?

—Sí, por supuesto —respondió Gilbert, luego de reflexionar un par de segundos, formulando una última pregunta—. Aproximadamente, ¿cuántos eventos sociales se necesitan cubrir dentro de un mes?

—El número exacto no es posible tenerlo por adelantado, pero generalmente la idea es que a lo menos tres de las actividades que se estiman más importantes sean cubiertas por usted, de acuerdo con la programación que le darán mis empleados. Sírvase concurrir a la oficina 920 del piso de más abajo, donde un funcionario de nombre Antoine lo pondrá al tanto de todo lo que necesita saber —fue la última instrucción que en este primer día le impartía Monsieur L.

—De acuerdo, así lo haré —replicó Gilbert, mientras ambos estrechaban sus manos derechas como señal de término de la reunión.

Gilbert estaba feliz, porque por primera vez iba a tener un empleo por un tiempo indefinido, realizando labores propias de su profesión y, además, insertándose en el mundo de los personajes conocidos y famosos, no solo de Francia, sino que, de toda Europa, más aún donde la compensación económica la consideró acorde a sus pretensiones.

A partir de este momento, el *glamour* de múltiples eventos de la dinastía, la moda de élite o los espectáculos de la alta sociedad que las revistas del corazón cubrían permanentemente, tenían a un nuevo corresponsal, que al cabo de pocos meses se iba a granjear muy buenas opiniones por su atractiva personalidad y sus dotes de periodista excelso.

El resto del año de 1988 y gran parte del año 1989, las labores periodísticas de Gilbert se acentuaban por la buena imagen que proyectaba y por la calidad de sus entrevistas, coberturas e informes escritos que realizó en este período, el que podría calificarse de muy exitoso, salvo dos situaciones vividas, que enlodaron este periplo y evitaron que hubiese sido perfecto.

El primer hecho acaeció a fines del año 1988, luego de cubrir el matrimonio de la aristócrata francesa Dominique Front, hija del conde Máxime Front Leveusse, que se celebró en Guillon, localidad distante a unos 80 kilómetros de París, cuando regresaba a su domicilio en su vehículo particular, luego de haberse desplazado unos diez kilómetros, fue interceptado en un sector con poca iluminación por un automóvil, del cual descendieron tres sujetos con rasgos y vocabulario que claramente evidenciaba que eran extranjeros, quienes lo sacaron a la fuerza del automóvil, le sustrajeron sus documentos personales, lo golpearon y se llevaron el vehículo, quedando tendido en el lugar, resultando lesionado. Llamó a su padre Paul, quien en su calidad de abogado denunció los hechos a la policía y efectuó otros trámites judiciales, sin resultado alguno. A los pocos días apareció su automóvil abandonado, con daños en toda la carrocería, asientos y ruedas.

La segunda situación que le tocó padecer Gilbert fue a mediados de 1989, también con ocasión de cubrir un evento social, el cumpleaños número setenta de la famosa actriz Colette Beauvignon, quien arrendó el Palacio de Maisson Laffitte, donde concurrió gran parte del jet set parisino. A la salida del evento, cuando caminaba a buscar un taxi que la empresa le había proporcionado para trasladarse, fue abordado por cuatro personas con rasgos arábicos y con acento foráneo, quienes con un francés muy básico lo increparon verbalmente y luego lo agredieron con golpes de puño y puntapiés, dejándolo tendido en el suelo, sin sustraerle ningún objeto de valor. Este segundo acontecimiento, Gilbert consideró que se trató de un ataque eminentemente xenofóbico en contra de su persona, porque no había razones para acometerlo.

Estos dos acontecimientos fueron puestos en conocimiento de Monsieur L, quien a partir de ahora se comprometió con Gilbert a otorgarle seguridad personal para los restantes eventos a los cuales sería encomendado. A partir de estos dos episodios que Gilbert vivió en carne propia, permitieron incubar de forma paulatina un sentimiento de animadversión con los inmigrantes, malestar que iba incrementándose cuando escuchaba de terceras personas haber soportado situaciones parecidas, además de pequeños desórdenes que provocaban grupos de extranjeros en algunos lugares públicos. Le estaba encontrando razón a su padre, quien durante toda su vida le transmitió que la grandeza de Francia y de Europa se forjó gracias a los propios próceres franceses, siendo partidario de las ideas políticas de Jean Marie Le Pen, como principal miembro del Partido Frente Nacional, como también, con el pensamiento del primer ministro Jacques Chirac, quienes en esos años eran líderes consumados de la derecha francesa.

Este cambio en la mirada social de Gilbert no pasó desapercibido para Monsieur Louis, quien, a mediados de noviembre de 1989, al observar un enfado persistente por el desprecio que Gilbert demostraba por las personas migrantes, tomó la decisión de citarlo de nuevo a su oficina para hacerle un ofrecimiento que podría resultar interesante para este último.

Gilbert desconocía plenamente las razones que habían motivado la reunión a la que había sido llamado, por lo que, sin efectuar ningún cuestionamiento a ello, manifestando lealtad y agradecimiento a su máximo jefe, dirigió sus pasos al conocido piso 12 del Regency Club, donde lo esperaba el jerarca máximo de la institución donde él prestaba sus servicios, el enigmático Monsieur Louis.

CAPÍTULO 19

Los restantes días en la isla Boran fueron disfrutados a plenitud por Renata y Gilbert, logrando con ello sobreponerse de la odisea vivida durante los primeros días. Aprovecharon de regalonearse, descansar, broncearse, hacer planes de corto y mediano plazo, recorrer en yate el borde isleño y en general, pasarla bien durante las 24 horas del día.

Cuatro meses antes de contraer matrimonio, Gilbert había adquirido un inmueble en Pichy, sector de Charmant, en las afueras de París, donde tenían proyectado irse a vivir después de la luna de miel, casa habitación debidamente alhajada con los enseres y espacios necesarios para residir. Llegado el momento de poner término a esta particular luna de miel, el matrimonio regresó a París, atesorando cada uno de los momentos hermosos que ambos compartieron y, Renata, además, con el peso del sufrimiento padecido por la desaparición de Gilbert durante unos días.

Este había sido para Renata uno de los momentos dolorosos que le había tocado vivir en la esfera personal; la primera vez ocurrió cuando pequeña, en que se vio obligada a separarse abruptamente de su padre y, ahora había sido testigo presencial de la desaparición de su esposo Gilbert, con la salvedad que este último episodio tuvo un final menos dramático que el anterior. Dos momentos de aflicción, relacionados con los únicos dos hombres en su vida, con sus dos amores.

El secreto mejor guardado de Renata y que, a la vez, constituía una carga emocional que la acompañaba siempre, fue el distanciamiento obligado con su padre Kedhi, de quien nunca más tuvo noticias. En el consciente y subconsciente de Renata siempre permanecía inerte e imborrable aquel suceso, que no se esfumó con el transcurso de los años. Su madre Kedyla, ya sea por decisión propia o porque el tema la incomodaba, rara vez hacía alusión al padre de Renata, quien, con el paso de los años, a medida que la niña crecía, su curiosidad también iba en aumento, en cuanto a indagar más detalles de lo que habría ocurrido con su padre.

Kedyla intentó soslayar este tema de conversación con su hija en los primeros años, pero cuando la niña tenía doce años y ambas se encontraban paseando por el parque de Rocamadour, pueblo donde residían, sentadas frente a una pequeña laguna, poblada de aguiluchos, no pudo escabullir las interrogantes sobre el paradero de su padre, que en esta oportunidad Renata le dirigió, por lo que no tuvo más alternativa que contarle lo que aconteció con Kedhi.

—Tu padre era un pequeño comerciante que se dedicaba a vender relojes y joyas por distintas localidades cercanas a Tirana, iba y venía, compraba su mercancía en la capital y luego recorría pequeñas aldeas y lugares alejados. En la semana nos venía a visitar uno o dos días, dejándonos el dinero necesario para nuestras necesidades y, luego, volvía a emprender ese mismo peregrinaje.

Fue uno de los primeros relatos que escuchó de su madre acerca de su progenitor, añadiendo esta última:

—Esa era la dinámica de vida que yo tenía con tu padre y que tú, Renata, creo que lo recuerdas de manera difusa.

—Pero ¿por qué tuvimos que salir de Tirana, de Albania y radicarnos en Francia tan abruptamente, de un día para otro? ¿Por qué mi padre nos rogó que nos alejáramos de él? —fue una de las preguntas punzantes que Renata le formuló a su madre Kedyla, ahora convertida en Elizabeth Farrell.

Elizabeth, tocándose el mentón con su mano derecha y mirando fijamente un abedul que estaba posado en un arbusto a dos metros de distancia, carraspeando suavemente, respondió a Renata:

—En esos días, tu padre tuvo la mala suerte de adquirir una gran cantidad de relojes que le fueron vendidos por una persona, que después supo que los había hurtado de una joyería, hecho que, al ser denunciado por su dueño, movilizó a la policía para averiguar el paradero de Kedhi. Al saber tu padre que la policía tiranesa estaba al acecho suyo, me pidió que hiciera abandono de la ciudad y, ojalá de Albania, para evitarnos malos ratos por esta situación embarazosa.

Renata asentía con un leve movimiento de cabeza, dando a entender que comprendía lo que su madre le relataba, aunque esta información no respondía plenamente a todas sus interrogantes, por lo que le hizo una nueva pregunta.

—¿Por qué cuando ingresamos a Francia dejamos de utilizar nuestros nombres originales y los cambiamos por Renata y Elizabeth?

Elizabeth, tratando de buscar las palabras más adecuadas para responder de la forma más satisfactoria a Renata, sin tampoco revelar aquellos aspectos oscuros de Kedhi, respecto de los cuales no tenía la intención de sacarlos a la luz, respondió pausadamente cada requerimiento de su hija:

—Renatita, tu padre no quería involucrarnos en situaciones que podrían colocarnos en peligro, dado que la policía del país era implacable, existía mucha convulsión social y desórdenes en distintas ciudades de Albania, de manera que lo más recomendable era separarnos un tiempo, ojalá, lo más distante posible.

Luego de un breve silencio, prosiguió:

—Hubo una oportunidad de emigrar a Francia a través de una amiga libanesa que estaba radicada en este país, pero para ello era necesario contar con una identidad que nos permitiera estar acá todo el tiempo que fuera posible, pues de lo contrario, nos podían desterrar a Albania en cualquier momento.

Renata la miraba a los ojos, concentrada en cada monosílabo que despedían los labios de su madre, tratando de entender y comprender la azarosa vida que hasta ese entonces le había tocado vivir. Luego de unos instantes de silencio, Renata enunció otra pregunta a Elizabeth, cuya respuesta era tan o más relevante que las que había formulado a su madre.

—Madre, ¿por qué no hemos tenido más noticias de mi padre, no obstante, el tiempo transcurrido? ¿Dónde está, qué ha sido de él, si lo apresaron en Tirana, dime lo que sabes, necesito saberlo? —fue la pregunta que a título de ruego le formuló Renata.

Elizabeth, más incómoda que nunca, ante esta pregunta, que siempre pensó que se la iba hacer su hija en algún momento de su vida, se acomodó en el asiento, como un sutil intento de preparar la respuesta, abrazó a su hija, que permanecía de pie y con la mirada fija en el rostro de su madre, respondió:

—Es lamentable lo que te tengo que contar, nunca lo he hecho para no dañar tu infancia, pero lamentablemente, por la información que recibí unos meses después de haber abandonado Albania, me comunicaron que la policía había capturado a Kedhi en un confuso incidente donde habrían intervenido otras personas que andaban con tu padre. En esa oportunidad, un policía disparó hiriéndolo mortalmente —frase que esbozó Elizabeth con un dejo de tristeza que la propia Renata percibió, abrazando a su madre por un par de minutos.

Renata por primera vez, durante esta plática, sintió que su madre decía la verdad al verle escurrir algunas lágrimas, pena que también embargó a la pequeña Renata, quien a partir de ahora atesoraba otro hecho que calaba profundamente en su ser. Su misterioso padre Kedhi, que a sus cortos ocho años dejó de ver y del cual solamente recuerda haber entrecruzado gestos, palabras y pasatiempo por breves instantes y en esporádicas ocasiones, ya era parte de su pasado. Estaba muerto.

A partir de ahora debía desterrar la idea y la esperanza de volver a ver a quien le dio la vida. Renata cortó una adelfa roja, lanzando la pequeña flor hacia arriba, como única ofrenda que en ese momento era posible rendir a Kedhi Sahane, a quien nunca más vería.

CAPÍTULO 20

Gilbert estimó que había llegado el momento de convocar a una reunión con todas las personas que tenían un grado de dirección dentro de la organización secreta a la cual pertenecía, para hacerles saber el malestar de Monsieur L por los escasos resultados de las últimas aprehensiones de inmigrantes que estaban ingresando a Francia por el sur, encargo que debía cumplir a la brevedad, por lo que en primer lugar se puso en contacto con uno de los integrantes, conocido con el seudónimo de Adrien, quien en su momento puso a disposición los registros de todos ellos, por lo que recabar tales datos no fue difícil.

Luego de examinar los datos personales de cada uno de ellos, Gilbert eligió a dieciséis de los más influyentes integrantes, conocidos en la interna como «Cuervos», por lo que dispuso la tarea de comunicarles personalmente la convocatoria, a la que le atribuyó el carácter de extraordinaria y trascendental para los futuros pasos que debían darse dentro de la organización, reunión que se efectuaría en una de las salas del inmueble de calle Aumont 7340 de París. Todos ellos fueron informados para concurrir el día 7 de julio de 1995, a partir de las 10 horas.

Gilbert reportó a Monsieur L de esta convocatoria, quien congratuló a Gilbert por haber empezado a cumplir sus últimas instrucciones. Como solía ocurrir a menudo, Monsieur L mantuvo completo silencio acerca de su presencia en esta reunión masiva de los máximos jerarcas de la organización.

Dentro de los convocados, había uno que Gilbert lo tenía entre ceja y ceja, por lo que estuvo atento cuando este hiciera su ingreso. Se trataba de Jossian, quien había entorpecido su paradisíaca luna de miel. Jossian, a diferencia de los restantes «cuervos», fue citado a las 09:00 horas de ese día 7 de julio, apersonándose al lugar a la hora exacta de su citación, siendo recibido personalmente por Gilbert.

—Adelante Jossian, agradezco su asistencia —fueron las primeras palabras esbozadas por Gilbert, extendiéndole su mano derecha en señal de saludo e invitándolo a que lo acompañara a uno de los elevadores del edificio.

Jossian, de aproximadamente cuarenta y cinco años, era un hombre rústico en sus movimientos y en sus palabras, pero muy leal a la organización, virtudes que le sirvieron para permanecer un tiempo prolongado en ella, aunque de inteligencia limitada que le impedía distinguir detalles de las misiones que ejecutaba. Según su parecer, el trato que se debía dar a los inmigrantes debía ser igual para todos, independiente de circunstancias personales, por lo que generalmente entre las personas que detenía y arrestaba, existía un crisol de razas con situaciones muy diversas.

Subieron ambos al quinto piso, una vez que abandonaron el ascensor, Gilbert invitó a Jossian que lo acompañara a una oficina, de pequeñas dimensiones, donde estuvieron a solas. Luego de ofrecerle una taza de café con pequeñas menudencias, como una forma de hacer más corta la espera, mientras llegaban otros invitados, Gilbert llamó por teléfono a un asistente, quien al cabo de un minuto llegó con una bandeja con chocolates y galletas varias, más la taza de café, para ambos, predisponiéndose a servirse aquella merienda, mientras cruzaban frases de cordialidad mutua.

No había pasado ni un cuarto de hora, cuando Jossian comenzó a sentirse mal, con un leve dolor de estómago y una fatiga muscular en franca progresión que lo debilitó a los pocos minutos. Gilbert intentó socorrerlo, acomodándolo en el sillón, porque la pérdida de fuerza muscular lo había lisa y llanamente desarmado en la posición que tenía Jossian, aunque, a decir verdad, lo que intentaba era observar cómo el veneno que había ingerido este Cuervo, que trastocó su luna de miel, iba causando estragos en el organismo hasta hacerlo perder la consciencia al cabo de una media hora, para luego, en un par de minutos más, acabar con la vida de Jossian.

Luego del desvanecimiento total y comprobar el fallecimiento de Jossian, Gilbert llamó a tres hombres con quienes venía trabajando hace un par de años, conocidos como «Buitres», dos de ellos pilotos profesionales y el otro médico, a quienes le encomendó envolver con sigiloso cuidado el cuerpo de Jossian, para luego introducirlo en un ataúd, siendo derivado a un crematorio privado ubicado en el poblado de Bruige, donde con documentación médica falsa, en que se certificaba que había fallecido por una enfermedad terminal a las 12,30 horas de ese día y datos relativos a que el occiso carecía de parientes conocidos, la cremación se llevó a efecto ese mismo día, paralelo a la reunión que Gilbert estaría dirigiendo en la capital francesa a los restantes quince cabecillas.

No es que Jossian hubiese tenido altercados o roces con Gilbert durante el tiempo que permanecieron juntos en la organización, aún más, nunca lo tuvieron, debido a que las oportunidades de interactuar o compartir entre los miembros son escasas, porque parte de las ideas directrices es tratar de evitar reuniones masivas, pues lo ideal es permanecer en el anonimato, según la doctrina ejercida desde siempre por Monsieur L. De seguro que habría corrido igual suerte si quien hubiese arruinado la luna de miel de Gilbert hubiese sido alguno de los restantes cuervos que llegarían en unos pocos minutos más a esta convocatoria extraordinaria.

Pronto, los demás convocados se hicieron presente en la reunión que iba a dirigir Gilbert.

CAPÍTULO 21

—Les doy la bienvenida a cada uno de ustedes por haber concurrido a este encuentro, por sí, muy necesario para analizar el trabajo que hemos desplegado hasta ahora y adoptar nuevos mecanismos de acción para mejorar nuestra eficiencia —fueron las primeras palabras que Gilbert dirigió a los asistentes, verificando que ninguno de los invitados se encontraba ausente, salvo, obviamente, Jossian.

Fue en esos momentos en que irrumpió en la sesión Monsieur L, quien con un traje blanco ingresó saludando cortésmente a Gilbert, profiriendo algunas palabras que más que nada tenían por objeto refrendar su apoyo a la gestión de este último, para luego de media hora de estadía, hizo abandono del lugar, deseándoles a todos el mayor de los éxitos.

—Señores, conforme a las estadísticas que tengo en mis manos, del año 1993 y 1994, los ingresos, tanto regulares como irregulares de migrantes que han accedido al territorio francés son en su mayoría desde España, donde hemos observado que muchos de ellos, de rasgos musulmanes, provienen de Marruecos y otros países africanos, pero hemos detectado que una minoría, no menos importante, proviene del sudeste, en especial de Italia, junto a los Alpes occidentales, donde también se ha contabilizado a muchas personas originarias de la zona de los Balcanes, de Yugoslavia y de los países del sur, como Albania —fueron las palabras, que a modo de información general, sirvieron de introducción a la sesión que dirigía Gilbert. Luego prosiguió—: En el año 1993, según los datos pesquisados, ingresaron de manera irregular, desde España, 1548 personas y en 1994 lo hicieron

2344 personas, lo que implica un aumento considerable; a su vez, desde Yugoslavia en el año 1993 hicieron su ingreso 535 migrantes y en 1994, aprovechando la división y convulsión étnica interna de ese país, migraron irregularmente a Francia 3671 personas, situación que nos preocupa sobremanera, debido a que todo aquello significa que las fronteras mencionadas adolecen de la seguridad necesaria para regular tales ingresos.

Finalmente, luego de diversos comentarios y breves intervenciones que los asistentes hicieron respecto de cada una de las informaciones estadísticas que proporcionaba Gilbert, este último les entregó los siguientes datos:

—De los ingresos irregulares que nosotros, como organización que lucha para preservar una Francia fiel a sus ideales históricos, hemos participado en el 73 % de las detenciones de migrantes irregulares, sin embargo, hemos detectado que los hechos violentos y terroristas se han agudizado justamente en los dos últimos años, lo que demuestra que el rol que estamos cumpliendo ha sido ineficiente.

Continuó Gilbert parlamentando, casi en términos de arenga:

—Las redadas que ustedes han hecho en los últimos meses, deteniendo a sospechosos que de manera indocumentada permanecen en Francia, respecto de las cuales me ha tocado interrogar a más de doscientos inmigrantes, he descubierto que se trata más que nada de polizontes de poca monta y personas sin historial delictual ni relacionada con actos terroristas, sin que aquello signifique que los hechos de violencia terrorista en Francia estén disminuyendo, sino que por el contrario, van en franco aumento.

Luego de una breve pausa, donde bebió un sorbo de un refresco que tenía a la mano, Gilbert prolongó su intervención, manifestando:

—Les voy a dar algunos ejemplos, para que comprendan en plenitud a lo que me estoy refiriendo. El 13 de mayo de 1993 en Toulouse una bomba destruyó parte de la vía férrea, aledaña a la estación Matabiau; el 25 de julio de 1993, en Marsella se provocó un incendio en la oficina central del sindicato de trabajadores portuarios; el 2 de septiembre en Burdeos una bomba destruyó tres locales comerciales en pleno centro de la ciudad; el 29 de noviembre en Nantes se intentó incendiar la basílica de San Nicolás; el 5 de febrero de 1994 se quemó parte del museo de Rouen; el 28 de marzo de 1994 en Tarbes, en un acto vandálico, se destruyó la estatua del Mariscal Foch; el 7 de abril de 1994, nuevamente en Marsella se incendiaron dos carros del tranvía urbano, el 29 de agosto, como ustedes recordarán, en París se destruyó una sinagoga en el barrio latino, con tres muertos, el 28 de octubre de 1994 en Orleans, se atacó en horas de la noche a un carro policial, resultando dos policías heridos y dos fallecidos, para qué decir del secuestro del avión Air France 8969 ocurrido en Marsella el 24 de diciembre de 1994, donde fueron acribillados tres pasajeros y siete resultaron heridos, con los cuatro secuestradores marroquíes ultimados —palabras que Gilbert enunció con dureza, añadiendo—. Como ustedes pueden ver, solamente en estos dos últimos años, ha habido en nuestro país nueve acontecimientos que las investigaciones policiales han calificado de actos terroristas, donde las personas implicadas en ellos son todos inmigrantes, en su mayoría, provenientes de países árabes y africanos. ¡Para qué estamos nosotros, si no ponemos atajo a estos acontecimientos! —fue la retórica final que, con un rudo golpe, asestó en el escritorio, donde Gilbert apoyaba sus manos mientras vociferaba frenéticamente.

Finalmente, concluyó su intervención:

—Necesito que, a partir de ahora, nuestro objetivo sea desenmascarar a quienes en realidad constituyan un verdadero peligro para la estabilidad social de la República Francesa, por lo que les ordeno que se centren en mejorar sus procedimientos de inteligencia y así capturar a los líderes de esas organizaciones para evitar que los daños a la propiedad y a las personas se sigan provocando. La seguridad nacional y el bien de los franceses merece ser enfrentado a como dé lugar a quienes pretenden corroer nuestra independencia. El desafío del presente y la tranquilidad del futuro de Francia, queda depositado en nuestras manos. ¡Manos a la obra y viva Francia! —fueron las últimas palabras de un abrasador epílogo, con el cual Gilbert concluía la sesión.

—¡Viva Francia! —fue la respuesta unánime del resto de los asistentes.

Monsieur L, quien había presenciado a través de un circuito de televisión instalado en una dependencia aledaña al edificio todo el desarrollo del evento, se sentía satisfecho por la forma en que Gilbert confrontó a los concurrentes.

No cabía duda de que Gilbert era un gran brazo derecho y a estas alturas no tenía ningún asomo de arrepentimiento en haber planificado los dos ataques en contra de la persona de Gilbert, cuando cubría eventos sociales, pues estaba plenamente convencido de que esas dos experiencias sirvieron para forjar el carácter antinmigrante de este último.

CAPÍTULO 22

La reunión social, con ocasión del cumpleaños cincuenta del *playboy* Jean Colombes en uno de los salones del majestuoso Hotel Hermitage de Montecarlo, estaba en su apogeo. Las conversaciones ligeras a estas horas de la noche, cuando la cena había terminado hacía un buen rato, permitían a los asistentes distenderse más de lo normal. Quienes de buen humor y bajo el alero de champaña, *armañac*, coñac, *cointreau*, entre otros bajativos, daban rienda suelta a la diversión, al relato de historias cuya verosimilitud nunca es posible confrontar y, de manera oblicua, a hacer comentarios de la vida cotidiana.

Jean Colombes era un empresario exitoso en el rubro de los perfumes y de cosméticos finos. Para celebrar su medio siglo de vida estimó que tal acontecimiento debía ser apoteósico, invitando a los más acaudalados banqueros y empresarios franceses que en 1986 dominaban la escena económica.

Fue la oportunidad para que, en medio del jolgorio, interactuaran Michel Basttin, Pierre Artemat, Claude Devoisser, Ferdinand Mittons, potentados y miembros del *jet set* francés, junto a otros de menor linaje, pero de grandes fortunas, dentro de los cuales estaba también Louis de Favret, este último, un intrépido y envolvente personaje que, con su locuacidad, personalidad atractiva y señorial, provocaba la admiración transversal de la élite económica gala.

—Un brindis por un año más de vida y de éxito comercial, querido Jean —fueron las palabras con las cuales el banquero Mittons alababa al festejado, alzando la copa, brindis que fue seguido al unísono por el grupo con el cual compartía estos momentos.

—Gracias por sus buenos deseos, pero lo único seguro es el año más que se ha colado en mi calendario —fue la inmediata respuesta de Jean Colombes, añadiendo—: No puedo quejarme de que mis empresas, a lo largo de los años, se han ido consolidando y expandiendo, pero hace tres meses, individuos desconocidos, de ascendencia extranjera, asaltaron una de mis perfumerías en Niza, provocando inseguridad entre mis empleados y daños de consideración en lo patrimonial —fue la frase con la cual Jean concluyó estos saludos, denotando en su rostro no solo los efectos propios de una noche de jolgorio, de licores abrazadores, sino, además, de cierta molestia por lo que le había acontecido.

—A mí también me ocurrió algo similar —fue la exclamación que hizo Claude Devoisser, refiriéndose a un incendio con el cual terminó el robo de varios automóviles de lujo que se iban a embarcar a Estados Unidos, los que permanecían en una bodega de Marsella, cuyos asaltantes, detenidos semanas después, eran de nacionalidad árabe.

—En mi opinión, nosotros deberíamos organizarnos para evitar que situaciones similares se repitan, porque el Estado no nos brinda ninguna seguridad —fue la frase con la cual Louis de Favret, elevando su tono de voz más de lo normal y desviando con ello las frivolidades que se entremezclaban en los diálogos dispersos que se tejían en su derredor, logró cautivar la atención del resto de las personas que le rodeaban.

Todos se miraron y asintieron con sus cabezas, demostrando estar de acuerdo con esa idea que brotaba en la mente de Louis, para luego expresar en palabras que no era descabellado plantearse algunas fórmulas para no seguir siendo presa de individuos que ingresaban al país solo con el propósito de delinquir y así evitar correr riesgos en sus actividades económicas y, con ello, menguar sus ingresos.

Artemat, un prestigioso ingeniero civil, dueño del 30 % de las acciones en tres sociedades petroleras, expresó:

—Me parece muy buena idea, pero quien debiera liderar cualquier actividad tendiente a impedir que se ataque a nuestras posesiones y empresas en Francia debe ser alguien de nosotros mismos, que se comprometa plenamente con estos propósitos.

—Sugiero que sea el mismo que dio la idea —añadió Jean Colombes.

—Estamos plenamente de acuerdo —respondieron los demás, refiriéndose a Louis de Favret.

Este último no escatimó segundos para asentir, señalando:

—Si ustedes me entregan su confianza, no tengo inconvenientes para tomar las riendas de una nueva organización que tendríamos que conformar, que tenga por finalidad impedir que ingresen migrantes peligrosos a Francia para la estabilidad económica y seguridad de Francia, para lo cual necesito, obviamente, recursos financieros y así estructurar un grupo compacto de profesionales idóneos para alcanzar estos propósitos —fueron las palabras finales de De Favret sobre este tema.

—Por supuesto que vas a tener todo nuestro apoyo económico —fue la respuesta unánime de todos los demás, por lo que alzaron por enésima vez sus copas, festejando este acuerdo que esperaban concretar lo antes posible, ojalá con la adhesión de muchos más empresarios que los asistentes en esta ocasión.

—Salud, por todos.

—Salud por Louis de Favret.

—Salud por Monsieur L por este pacto de confianza y honor que hemos concertado —fue la arenga que hizo Jean Colombes, dándole a de Favret el trato que debía merecer el jefe de esta incipiente asociación.

A partir de este festejo cumpleañero celebrado en Montecarlo, de modo espontáneo, se enraizaron las primeras ideas que, con el paso de los meses, se concretaron en el nacimiento de la máxima organización anti migrantes, dirigida por el autoritario Monsieur L.

CAPÍTULO 23

Lucién Muzard había tenido un atareado día; lo único que deseaba era que su jornada laboral terminara lo más pronto posible para descansar en el departamento donde residía desde hacía más de diez años. Su juventud había sido bastante desordenada e impetuosa, destacándose en su adolescencia por haber obtenido el primer premio de un concurso de belleza de la ciudad de París. A sus diecisiete años, este galardón le serviría para ser conocida entre los muchachos de la socialité parisina, dentro de los cuales se encontraba Gilbert, a quien conoció en una de sus múltiples fiestas juveniles a las cuales era invitada.

Tenía sentimientos encontrados con Gilbert, a quien siempre miraba como un hombre atractivo, de todo su gusto en cuanto a su talante y figura, pero demasiado inmaduro en sus comportamientos, además de estar involucrado permanentemente con diversas jóvenes con quienes salía a divertirse, muchas de las cuales terminaban en amoríos esporádicos. Nunca pudo seducir a Gilbert y no recuerda que sus atenciones a este galán hayan sido lo suficientemente cautivadoras para que cayera rendido a sus pies, salvo en una oportunidad, donde las paredes de su alcoba fueron mudos testigos de una noche de copas y sexo, después de que Gilbert la llevó en su automóvil de regreso a su departamento, en una de sus innumerables fiestas en las que compartieron espacio.

Por muchos años pensó que Gilbert no era el romántico con el cual sueñan muchas mujeres, ni tampoco era de aquellos hombres que se enamoran ni menos contraen matrimonio, por lo que para ella fue sorpresivo cuando tomó conocimiento de que Gilbert, al conocer a Renata, cayera rotundamente enamorado. Más aún, cuando su amigo de juergas decidió casarse con esta última, hito del todo inesperado.

Su vida, con el paso de los años, no obstante ser una mujer joven, se había tranquilizado progresivamente, al haber perdido la esperanza de perseguir príncipes azules inalcanzables. El foco de atención era su trabajo y un reducido grupo de amigas con las cuales compartía algunos momentos de recreación, dentro de las cuales figuraba Renata, a quien conoció en un curso de bachillerato en el Colegio La Ferme, ubicado en la zona oeste de París. Se aprestaba a hacer abandono de su oficina, momento que estaba esperando con denuedo, en este pálido y gris día de abril de 1996, cuando escuchó un ruido que la desacomodó por inesperado e imprevisto. Era el teléfono que comenzó a emitir su característico *ring ring*.

Titubeó un par de segundos entre contestar o cerrar la puerta de su oficina y escabullirse lo más aceleradamente a su departamento. Más pudo su curiosidad de mujer y, a fin de cuentas, optó por tomar la manilla del teléfono y con cierto desagrado esbozó:

—Aló, ¿con quién hablo…?

Del otro lado del fono escuchó una voz varonil, con un timbre de voz inapropiado de los franceses, pero característico de alguien extranjero.

—Necesito comunicarme con Lucién Muzard de la agencia… —se escuchó por el otro lado del auricular.

—Habla con ella misma. ¿Cuál es su nombre y a qué obedece su llamado? —replicó Lucién.

—Oh, qué bien haberla encontrado. Soy Jaquem, ¿se acuerda de mí?

—¿Jaquem? —fue una interrogante que se hizo ella misma, como recordando a medias este nombre muy particular, pero sin identificar en qué circunstancias lo había conocido.

Luego de unos segundos de dubitación, se acordó de que posiblemente fuera el mismo muchacho que conoció en la isla Boran.

—¿Eres el muchacho de isla Boran?

—Así es —contestó el muchacho, agregando—: Nos conocimos en la isla Boran y necesito contactarme con usted.

—Oh, qué agradable sorpresa. Ahora lo recuerdo a la perfección, Jaquem. ¿Desde dónde está hablando? —fue el siguiente diálogo de parte de Lucién.

—Estoy en París, llegué el día de ayer y anoche alojé en una residencia del suburbio. Necesito conversar en persona, aprovechándome de su amabilidad y deferencia que tuvo conmigo en la isla —espetó Jaquem.

—Por supuesto, no tengo problemas en recibirlo en mi oficina el día de mañana, alrededor del mediodía. Tome nota de los siguientes datos de la dirección de mi lugar de trabajo —añadió Lucién.

—Ahí estaré —concluyó Jaquem.

Tomó su automóvil y luego de aproximadamente tres cuartos de hora, Lucién hacía ingreso a su departamento, ubicado en las cercanías del Distrito de Dietz-Monnin, donde apenas llegó, se recostó en su dormitorio para atenuar el agobiador día que había vivido, oportunidad en la que estuvo cavilando respecto de este inusual llamado telefónico de Jaquem, residente en la misma ciudad desde hacía solo algunas horas. Se preguntaba, una y otra vez, con un halo de curiosidad, cómo Jaquem llegó a Francia y, al mismo tiempo, si habría tenido algún contratiempo en su ingreso.

Interrogantes que, de seguro, el día de mañana esclarecería.

CAPÍTULO 24

Cuando los relojes marcaban el mediodía en París, Lucién ya estaba preparada para recibir a este huésped muy singular, por lo que previamente compró unos bocadillos como gentileza a este muchacho que había tenido una azarosa y sufrida vida desde pequeño. Solo cabía esperar, porque no tenía modo alguno para comunicarse con él, pues el llamado telefónico de la tarde anterior lo recibió de un teléfono público.

Transcurrieron breves instantes hasta que se escuchó el ruido del timbre, que denotaba que alguien deseaba ser atendido por Lucién, quien presta ante esta situación, se dispuso a verificar por el ojo de buey de qué persona se trataba, comprobando que en efecto se trataba de Jaquem. Un cálido abrazo y mutuas sonrisas galardonaron este reencuentro, predisponiéndose Lucién a escucharlo y, además, indagar la forma en que había ingresado a Francia.

—Hace dos meses tomé un vuelo desde la isla Boran a Marsella, acompañando a una señora viuda que visitó la isla, que pernoctó en la casa de la anciana Yarinka. Ella necesitaba una persona que la asistiera en labores de su hogar y confió en mi persona —relató Jaquem, cuando se le consultó acerca del motivo de su viaje.

—Entiendo —repuso Lucién, para luego preguntar—: ¿No tuviste problemas para ingresar al territorio francés, en el aeropuerto Marignane de Marsella?

—No tuve problemas, porque la señora que me acompañaba, quien además costeó mi pasaje y con quien ingresé a Francia, me recomendó que ingresara como empleado suyo, para lo cual me hizo firmar un contrato de trabajo en la isla, antecedentes que me ayudaron a reingresar a este bello país —fue la respuesta de Jaquem.

Luego de explicar que había trabajado durante este tiempo en el domicilio de su patrona, de nombre Agustine, ubicado en la ciudad de Allauch, muy cercano a Marsella, decidió viajar a París aprovechando que tenía tres días que le dieron de descanso, con el único propósito de reencontrarse con Lucién y recibir sus sugerencias, evitando así repetir la dramática situación que vivió la primera vez que emigró a este país.

—Usted sabe que mi deseo es radicarme en Francia, conseguir un trabajo estable y así ayudar a mi hermana —fueron las articulaciones verbales que formuló Jaquem durante la conversación que tuvo con Lucién. Agregó—: Si bien no tengo quejas del trato que me brinda madame Agustine en Allauch, en los dos últimos meses he tenido que trasladarme por lo menos dos veces a la semana a la ciudad de Marsella para comprar medicamentos, provisión de víveres o llevarla a control médico, situación que por un lado me incomoda al tener que inmiscuirme en roles que serían ejecutados de mejor manera por una mujer, pero, lo más grave y preocupante, es que cada vez que regreso a Marsella imperiosamente se agolpan en mi mente todos los recuerdos traumáticos de mi secuestro, lo que no puedo evitar al ver muchos policías que permanentemente hacen ronda por las principales calles de la ciudad.

—Sí, tienes razón, comprendo perfectamente tu preocupación por lo que me comentas. Lo que ocurre es que Marsella, al ser una ciudad puerto por donde se ingresan mercaderías y personas a diario, el contingente policial se ha duplicado para controlar el flujo de individuos de todas las nacionalidades, en especial de aquellos que arriban de manera irregular y que tienen la calidad de polizontes —fue el comentario que hizo Lucién.

Conocida claramente la inquietud de Jaquem y las razones por las cuales deseaba cambiar de ciudad y, qué mejor que París, donde tenía a la única persona que sabía de su existencia y sinsabores, permitió que Lucién adoptara el compromiso de realizar algunas averiguaciones entre sus conocidos, para que este joven muchacho tuviese alguna alternativa en el campo laboral afín a sus intereses. Aprovechó la oportunidad Lucién de mostrarle la ciudad y de enseñarle algunas de las fuentes de trabajo donde podría desarrollarse Jaquem, recorriendo diversos establecimientos de los rubros donde el joven podría desempeñarse de acuerdo con sus destrezas personales, porque carecía de estudios profesionales o de una especialidad en particular.

Lucién quedó convencida de que cualquier ayuda que pudiera proporcionarle a este joven foráneo era merecida, por lo que no escatimó esfuerzos para tenderle la mano. Fue así como, luego de algunas semanas, Jaquem tomó la iniciativa de comunicarle a su empleadora Agustine su intención de trasladarse a otra ciudad y, con ello, poner término al vínculo, no solamente contractual que existía entre ellos, sino también el vínculo emocional, porque Jaquem tenía un aprecio especial por esta dama, debido a que gracias a la confianza que ella depositó en él, pudo retornar a Francia desde la isla Boran e ingresar a este país por segunda vez.

Trasladarse de Allauch a París no fue tan complejo para Jaquem, por contar con pocos enseres que apiló en un par de bolsas, la mayoría de ellos eran de carácter personal. Lucién, preocupada por la situación del afgano, había encontrado una pieza en un barrio periférico de París, donde también tenía acceso a un pequeño patio, la que había arrendado por unos meses a una conocida, con la finalidad de que Jaquem tuviese un lugar donde pernoctar y quedarse, por lo menos, durante un tiempo, hasta que pudiese consolidarse en el aspecto económico, empleándose en fuentes laborales que fuesen más acordes a las habilidades del joven.

Para Jaquem, madame Agustine había sido como una madre en estos pocos meses de haber reingresado a Francia, donde pudo conocerla muy de cerca y haberle brindado siempre su protección. En cambio, a Lucién la miraba como una muy buena hermana, la que no tuvo en Afganistán con su familia de origen, en la cual podía confiar sin titubeos, con la singular diferencia de que esta última conocía detalles de su vida que a nadie más había confidenciado. Lucién era todo o nada.

CAPÍTULO 25

El humo y la confusión plagaron un radio de trecientos metros en la concurrida avenida Laroche, donde pocos minutos antes se había escuchado un estruendo que alertó a todas las personas que se desplazaban por ese sector. Los gritos, las carreras en distintas direcciones, las sirenas de los bomberos que se acercaban al lugar y el ulular de los vehículos policiales que también y de manera vertiginosa se aproximaban, constituían elementos adicionales para incrementar el miedo y la inseguridad que se había apoderado de esta zona, muy concurrida por turistas, ubicada en pleno corazón de París.

Eran las 17:45 horas del 27 de octubre de 1996. Y pensar que hasta hacía pocos minutos era uno de esos días que invitan a pasear, con una tenue brisa que seducía a recorrer esta avenida, plagada de boutiques, salones de belleza, galerías comerciales y los infaltables cafés, famosos por su historia y por ser visitados por personajes destacados de la actualidad, considerados por muchos como el refugio más *chic* de los intelectuales. Una pareja de enamorados, tomados de la mano, que sirviéndose unos helados se aprestaban a cruzar la avenida, era uno de los escenarios paradisíacos que se apreciaban por doquier en esta otoñal tarde. Así era hasta hacía pocos minutos, porque ahora no queda nada de aquello.

Con el transcurso de los minutos, y al difuminarse el denso humo, provocado no solo por la potente energía liberada por un artefacto explosivo instalado al interior de un pequeño camión de transporte de muebles que se desplazaba por esa vía, sino también por varios incendios que generó la detonación, se pudo observar dantescos daños materiales en una extensión de trescientos metros y, lo peor de todo, un sinnúmero de personas heridas que clamaban socorro y asistencia médica. Al paso de las horas, cuando una tensa quietud dejaba ver las consecuencias de lo ocurrido, la policía había detenido a una persona y además, recopilado antecedentes preliminares que permitían colegir que se trató de un atentado terrorista.

Los noticieros de radio y televisión daban plena cobertura a lo sucedido, rescatando las palabras del jefe de la policía parisina quien sostenía que fue detenido el supuesto conductor del móvil donde estaba instalado el artefacto explosivo.

—Esta persona se encuentra malherida, conmocionada y en estado de inconsciencia transitoria; se trata de un ciudadano francés que tiene sus documentos en regla, que cumple labores en una empresa que fabrica muebles finos de hogar y de oficina. En las próximas horas, cuando se den las condiciones, será interrogado. Lamentablemente, tenemos que informar que hay diez personas fallecidas, 45 heridos de diversa consideración y cinco personas en riesgo vital —fueron las últimas frases que se le escucharon decir al jefe policial, antes de continuar con las tareas investigativas.

Los medios de comunicación cubrieron en detalle la situación acontecida desde el primer momento y en los días posteriores, confirmándose que efectivamente el conductor del camión tres cuartos no tenía antecedentes penales y era el jefe de hogar de una familia legalmente constituida, con un trabajo estable, por lo que se concluyó que la bomba había sido instalada en la parte inferior del camión por terceras personas. Nada más se supo de la pareja de enamorados que al momento del estallido se aprestaban a cruzar la calzada. Fueron dos de las víctimas fatales.

Sin embargo, lo más llamativo y preocupante fue que de la investigación policial *in situ*, refrendado por análisis de laboratorio criminal forense que días posteriores dieron a conocer sus conclusiones, se comprobó que el artefacto contenía uranio 235, una sustancia altamente reactiva y radiactiva, muy utilizada por organizaciones terroristas de Oriente, por lo que se concluyó que la acción fue realizada por personas de otros países.

Este hecho fue la gota que rebasó el vaso para Monsieur L, quien muy enfadado, impartió órdenes perentorias a Gilbert, para que se hiciera cargo de averiguar en detalle lo sucedido, porque el modus operandi y las motivaciones de lo sucedido eran muy similares a las de otros atentados, más aún, cuando aparecieron panfletos reivindicando las actividades del grupo terrorista albano ANA (Albanian National Army), que pretendía demostrar su malestar por las políticas anti migrantes adoptadas por el gobierno francés en los últimos meses.

—Esto es lo que no puede seguir ocurriendo en nuestra nación. Tenemos que extirpar y destruir a los grupos violentistas extranjeros y no me cabe duda de que en este suceso manos foráneas han participado. Tenemos que averiguar quién de los nuestros no está haciendo bien el trabajo, para que tenga un ejemplar castigo y, además, debemos averiguar con nuestros propios recursos, quiénes han estado involucrados en el atentado, porque la labor de la policía francesa, con toda su burocracia enquistada en las huestes judiciales, plagada de derechos obsoletos, no ha servido para detener la escalada de sucesos sangrientos de los cuales la mayoría de los franceses somos víctimas —fueron las enérgicas e iracundas palabras que Monsieur L no solamente dirigió a Gilbert, sino también a los restantes jerarcas de la organización, quienes escuchaban en absoluto silencio la reprimenda de su líder y jefe a la vez, en una cita de carácter extraordinario convocada al efecto.

Gilbert, obediente a las directrices del caudillo, no titubeó ni un segundo y se dispuso a constituir un equipo conformado por aquellos integrantes de mayor confianza para determinar, paralelamente a la investigación policial, el origen de este dramático suceso que enlutó a la principal urbe de Francia y las personas que tuvieron participación directa e indirecta. Se comprometió con su jerarca a que a partir de ahora iba a dedicar tiempo extra para reclutar nuevos integrantes, para lo cual procedió a dar instrucciones a sus más cercanos, en especial, a aquellos donde el grado de confianza era mayor, de hacer llegar a la brevedad información confidencial de aquellas personas que estaban comprometidas cien por ciento con esta causa antimigratoria.

Era el comienzo de una cadena de sucesos que iban a comprometer profundamente la vida de Gilbert e inevitablemente también, la vida cotidiana de Renata.

CAPÍTULO 26

—Que pase el siguiente —fue la lacónica, pero reiterada frase que exhaló el barrigón empleado de la fábrica de muebles Lampe Bleue a un muchacho que se encontraba en la fila, junto a una veintena de personas cesantes, todas ellas interesadas en encontrar trabajo en este lugar, con ocasión de haberse publicitado que necesitaban contratar a tres personas.

El encargado de entrevistar a los interesados había iniciado su labor desde hacía un par de horas y, no obstante haber conversado con ocho personas que ofrecían sus servicios, solamente dos de ellos reunían los requisitos que la empresa exigía. Lampe Bleue era una prestigiosa fábrica de muebles finos que se había instalado desde principios de los años 30 en París, soportando estoicamente los avatares de la invasión de París por las tropas alemanas en el año 1940.

Si bien ese acontecimiento histórico conmocionó la vida de los franceses por varios años, donde la emigración de sus connacionales se hizo patente, esta mueblería que contaba con maestros de estilo, muy bien preparados que confeccionaban los mobiliarios más apetecidos de la época, se mantuvo en pie aún en las horas más críticas, para resurgir, con mayor relevancia, después de que concluyó el conflicto bélico. Por tales razones, el reclutamiento del personal muchas veces era riguroso, por la trayectoria y el renombre forjado con el transcurso de los años de esta prestigiosa mueblería.

Faltaba elegir al tercero para terminar esta tediosa tarea.

—Buen día, señor, ¿me podría señalar qué conocimiento en madera y muebles tiene y las razones por las cuales usted ha venido a solicitar este empleo?

El muchacho, denotando un poco de nerviosismo y ansiedad, le contestó:

—Conozco muy bien la madera nativa pues desde pequeño he armado muchas cosas con ella. Me gusta trabajar con la madera.

El entrevistador se percató por el color de su piel y por la forma y dificultad de pronunciar algunas palabras, de que se trataba de una persona de origen extranjero, por lo que estas características, más los datos individuales que se le proporcionaron, fueron suficientes para anotarlos en un papel, que a propósito tomó en el momento de formular estas consabidas preguntas. Si bien la contextura y rasgos del muchacho evidenciaban que se trataba de alguien de raíces foráneas, tales características no le llamaron la atención, porque desde hacía un par de años muchos migrantes se habían incorporado a la vida francesa sin dificultad, por lo que la mayoría de los ciudadanos galos no eran xenofóbicos.

Tampoco lo era el encargado de reclutar empleados de Lampe Bleue, menos aún al observar los largos brazos y contextura física del joven, muy diferente a la del barrigón que lo hizo pasar, imaginando que podría ser un buen aporte para ciertas tareas a ejecutar en la empresa, por lo que se ausentó un par de minutos para dialogar con otras personas, a cargo de la empresa, que cumplían funciones en oficinas colindantes. Al regresar, continuó entrevistando a Jaquem, preguntándole:

—Deme todos sus datos personales y ¿dónde vive?

—Mi nombre es Jaquem Jaradme y mi domicilio es... —indicando una residencia que para estos efectos se había aprendido por datos dados por Lucién, para poder justificar que su residencia era París.

—Perfecto. Muéstreme su documentación personal para hacer los trámites de rigor; en atención a que me interesa reclutarlo en la empresa.

Jaquem esbozó una leve sonrisa al escuchar estas palabras del encargado de la empresa y, nerviosamente, procedió a extraer del bolsillo derecho de su chaqueta varios documentos que lo acreditaban como un ciudadano con residencia regular en Francia, más una copia del contrato de arrendamiento que justificaba un domicilio en París. El individuo encargado de la empresa se paró de su asiento y lanzó un grito hacia la puerta de entrada:

—¡Eh, Maximilien! Se terminan las entrevistas, avisa a las restantes personas que están esperando en la fila que las vacantes han sido ocupadas.

Maximilien, obediente, cumplió la orden, aunque no de muy buen talante, procedió a avisar a las personas que rompieran filas porque no era necesario. Los puestos de trabajo que se necesitaban ya habían sido cubiertos. Él también desapareció del lugar, pero antes de irse se acercó al mismo entrevistador de la empresa y le manifestó:

—En la tarde paso por los diez francos que me ofreció.

—Está bien, ven a mi oficina a última hora y te pago lo prometido —fue la respuesta que el encargado de la empresa le dio al barrigón, a quien siempre utilizaba para labores simples y esporádicas, como ocurrió en esta oportunidad que estaba a cargo de ordenar la fila y de hacer pasar a las personas que buscaban trabajo, cuando así se le ordenaba. Se le pagaba de acuerdo con el tiempo que permanecía en esas labores.

De esta forma, el joven afgano Jaquem Adadme, de 25 años, comenzaba a formar parte de la empresa, con un contrato de trabajo a partir del 5 de mayo de 1996, circunstancia que le permitiría obtener una visa de residencia definitiva cuando cumpliera por lo menos un año de trabajo.

CAPÍTULO 27

Lo que Jaquem ignoraba por completo fue que Lucién tenía cercanía con uno de los socios principales de la fábrica de muebles, con quien días atrás le había consultado sobre la posibilidad de contratar a un joven afgano que ella conocía, garantizándole que era una persona de buen vivir y trabajadora.

—Afortunadamente, la empresa está en un buen momento económico, a raíz de que nuestros muebles de nuevo se están cotizando en muchos lugares de Europa, por lo que nos hemos visto obligados a extendernos a otras ciudades. Debido a este proceso vamos a necesitar más empleados —fue la respuesta que Jacques Baraffe, uno de los tres socios y dueños actuales de Lampe Bleue, le había dado a Lucién hacía dos semanas atrás.

Jaquem era un joven físicamente bien privilegiado, de 1,79 metros de estatura, con un cuerpo apolíneo y dotado de una musculatura desarrollada debido a los trabajos que desde pequeño tuvo que realizar, los que generalmente exigían fuerza muscular, de manera que estaba en condiciones de que se le exigiera cualquier trabajo relacionado con el rubro de la madera y, con mayor razón, otras labores menores como las administrativas o de seguridad. Justamente esta última fue la idea que tuvo en mente Jacques Baraffe desde un principio, cuando decidió conocer en persona al muchacho recomendado por Lucién, por lo que estando de acuerdo con sus otros dos socios, Pascal y Nathan, pidió entrevistarse con Jaquem para informarle en qué consistirían sus labores que debía ejecutar, al día siguiente de haber sido entrevistado.

—Le doy la bienvenida a esta empresa, que desde hace varias décadas se ha dedicado a hacer finos muebles de oficina y para el hogar. Tenemos una cartera de clientes muy exigente a la que no podemos defraudar, por lo que nuestro lema siempre ha sido ser cumplidores con estándares de calidad de nuestros productos y, además, que la entrega de los artículos que nos pidan se haga en la fecha y en el lugar programado —fueron las primeras palabras que Jaquem escuchó de Jacques Baraffe, una vez que fue presentado como uno de los dueños de Lampe Bleue y representante de esta.

Jaquem asentía con su cabeza la información que acababa de proporcionársele, así como aquella relativa al horario de trabajo, la remuneración que percibiría y otros datos menores de carácter administrativo. Sin embargo, había una inquietud de parte de Jaquem, que todavía permanecía en ascuas, por lo que en un momento de la conversación formuló la siguiente pregunta:

—¿Cuáles serán las labores que desempeñaré en la empresa?

Jacques, esperaba que se le hiciera esa pregunta, por lo que seguidamente y con toda naturalidad le informó a Jaquem:

—Para empezar, usted estará a cargo de labores de vigilancia; tenemos cuatro guardias para esos menesteres, pero necesitamos contar con un quinto, que va a ser usted, por lo que su actividad estará concentrada en examinar que los artículos que salgan de la empresa para su reparto estén en regla, es decir, que sean sacados en vehículos autorizados, por choferes que pertenezcan a Lampe Bleue, debiendo chequear, además, la documentación de respaldo de los muebles a entregar, como también el ingreso de vehículos extraños.

Añadió:

—Como tenemos información de que a usted le gusta trabajar en madera, con el paso de los meses vamos a entregarle pequeñas tareas en ese rubro, para que paulatinamente vaya familiarizándose con nuestra empresa y con la actividad principal de ella.

Jaquem escuchó con mucha concentración lo que se le informaba, por lo que previa suscripción de un documento donde se consignaban todos los datos anteriores, comenzó oficialmente a integrar la planta de personal de la fábrica de muebles. Indudablemente, Lucién estaba al tanto de lo que ocurría y cuando Jaquem le comunicó que le había ido bien al ser contratado en este nuevo trabajo, se alegró y le deseó lo mejor, manteniendo total silencio respecto de la conversación que ella había tenido con Jacques Baraffe semanas atrás, para incidir en la incorporación de Jaquem a trabajar en ese lugar.

Habían transcurrido alrededor de cinco meses y Jaquem se encontraba tranquilo y contento con su nuevo trabajo, se veía esporádicamente con Lucién, con quien comenzó a formar una amistad que cada día se robustecía, sus jefes lo tenían en estima por su abnegada labor y principalmente por su lealtad con la empresa a la que pertenecía. Además, en ciertos horarios del día, se hacía cargo de procesar madera y acondicionarla, para ser utilizada en la fabricación de muebles, con lo cual, se sentía agradado porque se estaba cumpliendo el compromiso que sus jefes le habían hecho el primer día que comenzó a trabajar en Lampe Bleue, con el agregado de que su sueldo se incrementó con esta nueva actividad.

La vida de ambos transcurría en total normalidad y sin novedades preocupantes, lo que significaba que la vida les sonreía en sus particulares oficios que realizaban. El tiempo también transcurría y el calendario dejaba caer una hoja más. Era el preludio inexorable que la última semana de octubre de 1996 se aproximaba vertiginosamente.

CAPÍTULO 28

La capacidad de trabajo y su abnegación por desarrollarse en esta nueva vida, lejos de Afganistán, eran unas de las características que destacaban en Jaquem. Sin embargo, sus labores de vigilancia que realizaba desde que había sido contratado en la fábrica de muebles no le satisfacían por completo. De tiempo en tiempo, iba ganándose la confianza de sus compañeros de trabajo y de sus jefes, por lo que la interacción con los demás empleados iba en aumento. Era común que Jaquem al final de la jornada compartiera algunas salidas con varios de sus compañeros de trabajo para comer y beber en pequeñas cocinerías que se apostaban en el sector. Uno de esos compañeros con los cuales trabó cierta amistad fue con Iñigo, un español parlanchín y revoltoso con el cual disfrutaba sus ratos libres.

Iñigo había llegado hacía tres meses a la mueblería, en reemplazo de un trabajador que no pudo continuar debido a una enfermedad crónica, a quien también se le encomendó la labor de guardia de seguridad, toda vez que en el último tiempo habían proliferado los reclamos de clientes, alegando que los artículos que salían de la empresa no llegaban en buenas condiciones a su destino final. Para verificar aquello, se necesitaba que, al momento de sacarlos de las bodegas, los clientes debían constatar personalmente el estado del artículo adquirido, firmando un comprobante que así lo refrendaba y con ello, evitar que la fábrica tuviese que pagar indemnizaciones por esa situación.

Esta nueva política de la empresa, si bien permitía salvaguardar de mejor manera los intereses de la fábrica de muebles, por otro lado, significaba que en el procedimiento de despacho se multiplicara la cantidad de personas que se internaban en el sector de bodegas de la empresa, como clientes, para presenciar el despacho de los muebles que una vez embalados, eran enviados a los respectivos domicilios.

—¿Cómo verificas la identidad de los clientes? —preguntaba Jaquem a Iñigo, en una fresca mañana de septiembre de 1996.

—En primer lugar, le exijo su documentación de identidad y el comprobante por el cual se compró la mercancía —respondió.

—Los trabajadores de despacho de la empresa también cumplen esa misma labor —replicó Jaquem, dando a entender que el proceso de control se duplicaba, lo que aseguraba la salida en buenas condiciones de todo artículo que se retiraba del local.

Ante este comentario, Iñigo asintió, para luego añadir:

—Siempre que he revisado, los datos coinciden con los que revisó el empleado de la sección de despacho, por lo que estimo que nuestra labor no reviste tanta importancia.

Alrededor de las 16 horas del 27 de octubre de 1996, se apersonó un sujeto que entabló conversación con uno de los choferes de la empresa, siendo derivado con uno de los empleados de la sección de despacho, a quien le consultó cómo lo podía hacer para retirar en un solo viaje un juego de varios muebles de oficina que había comprado días antes, inquiriendo cuáles eran las dimensiones de los camiones que utilizaban para su transporte. Iñigo, que escuchaba la conversación, intervino y le dijo a este sujeto que, para asegurarse de que su pedido fuese despachado en un solo viaje, revisara el espacio de un camión repartidor que estaba a punto de salir de la bodega, por lo que ese sujeto, agradeciendo la amabilidad de Iñigo, subió a ese camión y luego de una revisión de no más de un minuto, donde simulaba apreciar la longitud, el ancho y alto del vehículo, bajó raudamente y se retiró del lugar, agradeciendo el gesto de Iñigo y dirigiéndose al mismo empleado de despacho, le señaló que iría a buscar los documentos de la compra para programar la fecha de retiro, desapareciendo del lugar.

Iñigo le comentó al despachador su satisfacción, porque el cliente estaba agradecido por la rápida atención y explicación de lo que requería. Cuando el camión referido inició su salida de la bodega, el despachador constató que los bienes que se habían cargado al vehículo eran los mismos que los clientes habían dado el visto bueno minutos antes, por lo que se desatendió de aquello. Iñigo, convencido de que todo estaba en orden, sin examinar por sus propios ojos, hizo un ademán al chofer para que hiciera abandono de la fábrica e iniciara el proceso de reparto de esos bienes. Minutos más tarde, del camión que transportaba estos muebles, muy poco quedaba, porque toda la carga quedó reducida a cenizas.

Días más tarde, la policía francesa, dentro de la información que había recopilado por el grave atentado de avenida Laroche, se percató de que el camión siniestrado pertenecía a la fábrica de muebles Lampe Bleue, por lo que agentes se personaron a dicha fábrica para entrevistar a todas las personas que trabajaban. Fue así como por varios días fue usual ver pululando las instalaciones de Lampe Bleue a muchas personas, en especial agentes de policía, inquiriendo detalles acerca del origen de la colocación del artefacto explosivo, dentro de los cuales había muchos medios periodísticos que cubrían cualquier información relevante sobre este atentado.

Dentro de la multitud de personas que concurrían asiduamente al lugar, también se encontraban algunos colaboradores de Gilbert, a quienes encomendó hacer averiguaciones paralelas, en especial, acerca de la identidad de todas las personas que cumplían funciones en la fábrica de muebles, entre ellos, los choferes y guardias de seguridad. Pasados un par de días, se le informó a Gilbert que dentro del personal de la fábrica de muebles había dos extranjeros, uno español y otro de origen arábigo. Al tomar conocimiento de aquello, Gilbert quiso constatar personalmente quiénes eran estos dos extranjeros, por lo que decidió concurrir a Lampe Bleue de manera muy discreta para inquirir más detalles, en especial, de aquel proveniente del Medio Oriente.

Así, el día 7 de noviembre de 1996, en horas de la mañana, se apersonó en la fábrica de muebles con el propósito de averiguar entretelones que la policía, al parecer, todavía no desentrañaba.

CAPÍTULO 29

Hacerse pasar por periodista no le era difícil a Gilbert, porque en realidad tenía esa profesión y, además, desde hacía un par de años era la labor que realizaba con éxito a plena conformidad de Monsieur L. Tenía carisma, cultura, empatía y un don especial de acercarse a las personas, formulándoles preguntas atípicas que permitían delatar si estaba frente a un ser confiable, nervioso, tímido, agresivo, etc. Menor exigencia le significó concurrir a la fábrica de muebles donde trabajaba Jaquem, con el propósito final de entrevistarse directamente con él, del cual desconocía todo antecedente personal.

—¿Podría indicarme si el día de la explosión se tuvo conocimiento de alguna situación extraña al interior de la fábrica? —era una de las múltiples preguntas que Gilbert formuló a Pascal, uno de los dueños, que ese día estaba a cargo de Lampe Bleue.

—Yo y el personal que labora estamos tan sorprendidos como ustedes, porque no nos explicamos las razones de la carga explosiva que se encontró dentro del camión conducido por uno de nuestros más leales trabajadores —fue la respuesta del encargado del negocio.

—¿Quiénes estaban a cargo de chequear el camión cuando salía de la bodega de la empresa? —fue la siguiente respuesta que Gilbert hizo a su interlocutor.

—Existe un grupo de trabajadores que desempeñan esas actividades, pero no puedo proporcionar más información al respecto, porque la policía me ordenó tener la mayor discreción a este respecto —fue la respuesta del administrador del recinto.

Dándose cuenta de que a través de este medio no iba a obtener información relevante, Gilbert se acercó a una persona que se encontraba en una de las oficinas adyacentes a la entrada de Lampe Bleue, que aparentaba ser uno más de los trabajadores, que ese día estaba inactivo, y con cierta delicadeza le preguntó si tenía entre sus compañeros de trabajo a algunos extranjeros. El trabajador, convencido de que la indagación que se le hacía no tenía importancia alguna, respondió con total naturalidad.

—Sí, desde hace un par de meses atrás llegaron a la fábrica varios trabajadores nuevos y hay dos que son foráneos, uno español y otro parece que es del Medio Oriente.

—¿Hoy día están en funciones esos dos trabajadores extranjeros? —replicó Gilbert.

—Durante la mañana al único que alcancé a ver fue al español —refiriéndose a Iñigo—. Al arábigo no lo he visto hoy —respondió el trabajador.

—¿En cuál sección de la fábrica trabaja el arábigo? —insistió indagando Gilbert, ante el trabajador que se estaba sintiendo inquieto ante esta seguidilla de preguntas.

—Él cumple funciones en la bodega de atrás, pero no le puedo dar más información porque el jefe de la empresa nos dijo que mantuviéramos reserva mientras la policía investigaba.

Agradecido por la amabilidad del empleado, Gilbert salió a la calle y pudo percatarse de que el recinto de la fábrica de muebles tiene un portón a unos cien metros de distancia del acceso principal. Caminó hacia ese portón y se percató de que no había actividad alguna. Una gran puerta metálica por donde ingresaban y salían los camiones, estaba semiabierta y observó durante un tiempo prudente que nadie ingresaba ni tampoco egresaba por ese sector, como tampoco vio aproximarse algún vehículo.

Cerca de las 11 de la mañana Gilbert decidió acercarse aún más al portón entreabierto y asomó su cabeza por la parte que permitía ver el interior de la fábrica, dándose cuenta de que allí había una bodega con dos camiones vacíos y un grupo de trabajadores que platicaba en círculo. Al ver la presencia de Gilbert, una de las personas del grupo se percató de su presencia y decidió acercarse, preguntándole en voz alta, «¿qué necesita señor?».

Gilbert le consultó a la distancia, con voz sonora, si estaban haciendo despachos de muebles con normalidad. La respuesta no se dejó esperar.

—La fábrica retornará a sus actividades habituales a partir de pasado mañana, por lo que le pido que tenga paciencia, si su requerimiento es que se le despache a su domicilio algunos enseres que ha comprado —fue la respuesta de este trabajador que simulaba tener don de mando.

Durante este breve diálogo, los oídos de Jaquem, quien formaba parte de este pequeño grupo de seis trabajadores de Lampe Bleue, se alertaron de manera inusual al rememorar inexplicablemente, como un sensor avanzado, el timbre de voz de Gilbert, el que sincronizaba a la perfección con su silueta que pudo ver a la distancia. Fueron segundos en que Jaquem quedó pasmado, paralogizado ante esta coincidencia, que durante unos minutos creyó que lo era. Sin embargo, su curiosidad fue mayor. Se apartó del grupo, dando a entender que iba a los servicios higiénicos, pero en realidad fue al sector de las oficinas de entrada, avisó que tenía que salir y que regresaría en unos minutos. Deseaba cerciorarse, para bien o para mal, respecto de la presencia de la persona que estaba asomada a la puerta.

Caminó unos metros pausadamente al exterior con el propósito de ver más cerca al sujeto, sorteando algunos automóviles que estaban estacionados sobre un bandejón ubicado entre los muros de la fábrica de muebles y la vereda. Cuando daba unos pasos más en las afueras de Lampe Bleue, de improviso y sin darse cuenta, aparece a dos metros de distancia Gilbert, quien a su vez iba en dirección a la zona de oficinas, encontrándose ambos frente a frente. El rostro de cada uno de ellos automáticamente sufrió una alteración, tanto para Gilbert, quien supuso que por los rasgos faciales ese trabajador de seguro era el arábigo, y principalmente para Jaquem, a quien no le quedó duda alguna de que este sujeto con quien se había cruzado era el mismo que lo flageló en la isla.

La experiencia de vida y muerte fue tan dramática, que el subconsciente de Jaquem jamás olvidaría ese rostro. A partir de este momento, la vida de Jaquem y de Gilbert experimentarían un brusco cambio.

CAPÍTULO 30

Perturbado a más no poder, pero consciente de lo vivido, Jaquem continuó su marcha, ahora más presuroso, como si tuviese que llegar pronto a algún destino, alejándose de su lugar de trabajo. Había caminado alrededor de una cuadra cuando tomó la decisión de voltear su cuerpo sigilosamente, dándose cuenta de que en el acceso de Lampe Bleue no se divisaba ninguna persona.

La primera intuición dejaba de serlo con cada paso que daba Jaquem respecto a aquel individuo que acababa de ver, que correspondería a su agresor, cuyos recuerdos quedaron intactos, como huellas indelebles de su desafortunada e injusta captura en Marsella y el abandono de que fue víctima posteriormente, después de haber sido azotado y humillado por el deleznable sujeto.

Durante todo este periplo, cavilό sobre el episodio vivido, supuso que, al ser extranjero, de seguro la responsabilidad por la explosión del camión y el reguero de muertos y heridos con que se enlutó París el 27 de octubre pasado, fuese atribuida a inmigrantes, dentro de los cuales, él era uno de los dos únicos extranjeros que formaban parte del personal de trabajadores de Lampe Bleue. Comenzó a comprender la delicada situación en que se encontraba envuelto, por el solo hecho de su nacionalidad foránea, aumentando la tensión que experimentaba.

Sabía que, si regresaba en esos momentos a su trabajo, sus compañeros advertirían su estado emocional alterado y lo menos que pretendía era despertar sospechas, pues ya la policía lo había interrogado más de una vez sobre la explosión del camión y sentía que un velo de sospecha mayor existía en su contra por el solo hecho de provenir de un país islámico. Al regresar a Lampe Bleue, inventó que tuvo que salir urgente del trabajo por una dolencia estomacal, yendo a comprar un pseudo medicamento en una droguería ubicada en los alrededores, regresando a su trabajo alrededor del mediodía.

Al reingresar, no vio nada anormal en la empresa y le pidió a su jefe Pascal que, si era posible, le otorgara permiso por el resto del día para recuperarse de su «afección estomacal». El encargado del local, quien apreciaba a Jaquem porque desde que ingresó a prestar sus servicios a la fábrica de muebles había transmitido confianza por su alto grado de responsabilidad en el trabajo, asintió favorablemente, agregando:

—No hay inconveniente para que te tomes la tarde libre y te recuperes bien; además, como las actividades de la empresa, por orden de la policía, han estado paralizadas desde que ocurrió el lamentable hecho, en esas circunstancias no es mucho lo que tú puedes hacer dentro del recinto.

—Gracias, señor, por su comprensión. Iré a recoger mis enseres personales para dirigirme a mi domicilio y medicinarme al respecto —fueron las palabras balbuceadas por Jaquem, todavía nervioso y tenso por lo vivido.

Al encargado de la fábrica no le llamó la atención los rasgos faciales que observó en Jaquem esa mañana, presumiendo que correspondían al estado de salud que le había relatado minutos antes. Al momento de retirarse, el encargado de la fábrica, luego de despedirse y desearle a Jaquem que se recuperara totalmente de su salud, le hizo un comentario que para él parecía superficial e intrascendente.

—Ojalá pase luego todo esto, para volver a la normalidad lo más pronto posible, porque tanto la policía como los periodistas me tienen agobiado.

—Pero si los periódicos de París han cubierto la noticia desde el primer momento y el hecho lamentable no ocurrió en Lampe Bleue, sino bien lejos de aquí —fue el comentario que hizo Jaquem.

—Así es, pero hoy día andaba un periodista preguntándome si entre el personal que cumple funciones había trabajadores extranjeros —retrucó el jefe.

—¿Cómo dice? —inquirió un Jaquem sobresaltado al escuchar esta última información.

—Sí, efectivamente, quería ponerse en contacto con los trabajadores foráneos, pero le dije que la policía nos había sugerido que nos mantuviéramos con la mayor reserva posible, mientras el caso se investigaba —expuso el jefe del local.

—¿Cómo andaba vestido el periodista del cual hace referencia? —preguntó un intranquilo Jaquem.

—Andaba con una chaqueta beige, camisa azul y pantalones marrones, por lo que alcancé a percibir cuando se me acercó —repuso el jefe de Lampe Bleue, añadiendo—: Era de contextura atlética y posiblemente de una edad cercana a los cuarenta años.

—De seguro querrá hablar conmigo alguno de estos días —repuso Jaquem, retirándose del lugar, tan preocupado como aquella vez que de improviso lo detuvieron unos desconocidos en Marsella.

Al alejarse de la fábrica de muebles, lo primero que intentó fue buscar un teléfono público porque necesitaba comunicarse con urgencia con Lucién, para comentarle el suceso vivido y lo que estaba padeciendo. A tres cuadras de su trabajo, encontró un teléfono, debiendo hacer fila, porque había algunas personas que le antecedían. Durante los treinta minutos que permaneció ocupado el teléfono por las personas que estaban delante suyo, que para Jaquem parecía una eternidad, mantenía una tensa calma, experimentaba un ligero miedo, titubeando por completo lo que debería hacer en estas circunstancias, por lo que algún consejo de su querida amiga Lucién le iba a tomar con mucho interés.

—Aló, soy Jaquem. Hola Lucién, disculpa que te moleste a estas horas —fueron las primeras palabras que mencionó Jaquem cuando puso el auricular del fono en su oído derecho.

—Hola, Jaquem, qué sorpresa escucharte a estas horas. ¿Qué pasa? ¿Te sientes bien? ¿Pasó algo en tu trabajo? —fueron algunas de las menudas preguntas que le hizo Lucién al percibir que el tono de voz de su amigo no era el habitual, menos la hora en que se le llamaba, pues era usual que los contactos telefónicos entre ellos eran al final de la tarde o en la noche.

—Necesito hablar urgente contigo, se trata de un asunto privado que no lo puedo hablar desde aquí —fue la advertencia y el grito de socorro que Jaquem estaba requiriendo implícitamente.

—Entiendo. Ven de inmediato a mi oficina, te espero —fueron los lacónicos vocablos emitidos por Lucién.

Raudamente salió y dirigió sus pasos hacia donde Lucién. Todo el trayecto en que se desplazó a pie por las calles de París no quitaba los ojos de encima de cada transeúnte que se le aproximaba, tensión que mantuvo permanentemente al interior del tren subterráneo.

Cuando el reloj mural instalado en el *hall* de ingreso del edificio donde tenía su oficina Lucién marcaba las 13:44 horas del día 7 de noviembre de 1996, Jaquem se dispuso a tomar el ascensor, para dirigirse de inmediato a donde Lucién. Necesitaba contarle a alguien su padecimiento y quién más propicia que Lucién, la persona que desde que lo conoció siempre estuvo comprometida en ayudarlo.

Luego de escuchar el primer toque del timbre, se abrió la puerta de la oficina, apareciendo prestamente Lucién, quien saludó cariñosamente a Jaquem. Al abrazarla, advirtió que ella no estaba sola, porque se divisaba detrás de los vidrios esmerilados que separaban algunas dependencias, la silueta de un hombre que no pudo distinguir claramente. No se trataba de cualquier individuo.

CAPÍTULO 31

Gilbert, al cruzarse con el supuesto arábigo, intentó en un principio reingresar a las oficinas de Lampe Bleue, pero luego de una corta meditación se desistió, pensando que el propósito que tenía en mente era desbaratar cualquier organización terrorista y, para conseguir ese fin, debía actuar con mesura. Suponía que era imposible que una sola persona actuara como una organización y, si bien estaba convencido de que el arábigo debía ser uno de los responsables de la bomba puesta en el camión que estalló el 27 de octubre, lo prudente sería esperar unos días más para ir uniendo cabos de los demás integrantes del grupo y, así, no estropear cualquier plan que se hubiese proyectado.

La orden de su jefe mayor, Monsieur L, había sido clara: necesitamos descubrir no a uno, sino a la mayor cantidad de personas involucradas en los hechos, en especial, aquellos que están en la jerarquía.

Gilbert se acordó que en los inicios de sus actividades realizadas para desenmascarar posibles inmigrantes del Medio Oriente, Monsieur L les había sugerido a la plana mayor de su confianza que estaba a sus servicios, dentro de los cuales figuraba Gilbert como uno de los discípulos más leales, que un instrumento de información relevante no despreciable eran siempre las mujeres, quienes con sutileza podían obtenerla, haciendo uso de sus encantos, belleza o simpatía, de manera que era recomendable tener más de algunas de ellas al alcance, para recabar datos de manera inocente, cuando la ocasión lo ameritaba.

Gilbert, quien ante sus cercanos y familia era un destacado periodista y corresponsal de los eventos sociales franceses, había conocido a un sinnúmero de féminas, con quienes interactuaba con regularidad antes de conocer a Renata, de quienes, dentro del fragor de sus aventurillas amorosas, se iba enterando de confidencialidades que más de alguna vez le sirvieron para descubrir escándalos, rupturas matrimoniales o superficialidades del jet set que le servían para sus publicaciones posteriores.

Durante el trayecto de Lampe Bleue al lugar donde tenía estacionado su automóvil, se agolpó en su mente aquella sugerencia de su jefe. La persona más cercana que tenía en ese momento y con quien durante mucho tiempo había compartido, generalmente como amiga, era Lucién, por lo que al encender el motor de su vehículo tomó la decisión de trasladarse al lugar de trabajo de ella.

No le fue difícil llegar hasta allá, no obstante, el pesado tránsito que a esa hora congestionaba las principales arterias de París, porque conocía a la perfección la oficina de Lucién. Recibir a Gilbert no constituía ningún evento especial para Lucién, su llegada la tomó como cualquier visita de un conocido o amigo que se dispone a saludarla en un día cualquiera. Además, si bien Gilbert siempre había sido del gusto de Lucién, esta última, desde que había conocido a Renata, quien la acogió como amiga y, más aún, después de haber contraído matrimonio con Gilbert, nunca más miró a este último con ojos que no fueran únicamente los de un amigo cercano de años.

—Hola, Gilbert, qué gusto de verte. Entra, ¿cómo está Renata? —fue el primer saludo de Lucién, una vez que su visita imprevista había cruzado el umbral de la puerta de acceso.

—Para mí también es un agrado visitarte. Renata se te ve muy bien y sería un gusto volver a reencontrarnos en nuestra casa —fue la pronta respuesta de Gilbert.

Lucién hizo pasar a Gilbert a su privado, lo invitó a sentarse para que estuviera cómodo y le ofreció una taza de café que fue aceptada de inmediato, por lo que se dirigió a una pequeña cocina a buscar los implementos necesarios para su preparación y, estando en esos menesteres, se escuchó el teléfono, ruido que hizo detener los pasos de Lucién. Se devolvió unos metros, levantó el auricular y al otro lado escuchó a Jaquem, quien necesitaba hablar urgente con ella, se trataba de un asunto privado que no se podía narrar por teléfono.

Lucién, ajena a todo el entorno de las circunstancias que preocupaban a Jaquem y a Gilbert, solo atinó a decirle que acudiera a su oficina de inmediato. Luego preparó el café ofrecido a Gilbert e iniciaron una amena conversación acerca de temas variados que les eran comunes, con los consabidos comentarios propios de las personas que se conocen desde hace mucho tiempo, diálogo que se vio interrumpido al cabo de una media hora, cuando sonó el timbre de la puerta de acceso.

Lucién pensó de inmediato: debe ser Jaquem.

—Disculpa, Gilbert, voy a abrir, no me demoraré nada —fueron las palabras de Lucién.

—Pierde cuidado, no hay problema —fue la breve respuesta de Gilbert, aunque, en su subconsciente, esperaba que esta visita no echara por tierra los planes que tenía respecto de Lucién, con quien pretendía tener una charla a solas y no tan efímera.

Lucién saludó cariñosamente a Jaquem y le pidió que la esperara unos minutos porque estaba ocupada con otra persona, por lo que lo hizo permanecer, entre tanto, en una pequeña antesala. Lucién estaba convencida, y así lo entendía, que la visita de Gilbert era meramente de cortesía, por lo que continuarla en otro momento no produciría ninguna consecuencia adversa.

En cambio, presumía que Jaquem podía estar en graves problemas, por el tono de su voz y el semblante físico que presentaba en ese momento, de modo que ante esta disyuntiva optó por escuchar al afgano.

—Disculpa, Gilbert, pero acaba de llegar un cliente que tenía citado para las doce horas. Si bien se atrasó, tengo que analizar con él un tema urgente que le aqueja. ¿Te parece que otro día podemos continuar la charla y dale todos mis saludos a Renata? —fue la invitación que le hizo Lucién para que su amigo de antaño sutilmente abandonara la oficina.

—Entiendo perfecto —fue la respuesta de Gilbert, quien, con cierta incomodidad, pero utilizando consabidas frases de urbanidad, a medio tomar el café, se despidió de Lucién y seguidamente se dirigió hacia la salida, encontrándose en el trayecto, frente a frente una vez más con Jaquem.

Jaquem, sin titubeo alguno y con su rostro petrificado, lo reconoció indubitadamente, sin atisbo de exhalar alguna palabra, aunque su expresión corporal lo decía todo, reacción que Lucién alcanzó a percibir con nitidez. Gilbert, también asombrado, al reconocer al arábigo como la misma persona que había visto en la fábrica de muebles, quiso decir algo, pero se contuvo, porque no comprendía las razones por las cuales habría concurrido a este lugar un empleado de Lampe Bleue. Al bajar del ascensor y encaminarse a la salida del edificio, anonadado por la situación acontecida, se preguntaba: ¿Qué papel cumple Lucién en todo esto?

Cabizbajo y meditabundo se desplazó por la acera, y a los pocos minutos, un poco más sereno, se apoderó de Gilbert la disyuntiva: si desistirse o continuar la reunión con Lucién, en quien no podría confiar del todo a partir de ahora o, por el contrario, volver con más ímpetu a indagar la entramada relación de Lucién y el arábigo y así obtener información de primera línea. No dudó mucho y se decidió por encontrarse lo más pronto posible con Lucién, para lo cual debía concertar una cita.

CAPÍTULO 32

—¿Qué pasó? Cuéntame lo que te ha ocurrido —fue la interrogación que surgió casi por instinto de los labios de Lucién, al momento en que Gilbert cerró la puerta cuando se marchaba.

Jaquem, nervioso y aún asustado, imaginando que Lucién formaba parte de todo lo que le había acontecido en Francia, se quedó mudo por un par de minutos. El miedo le impedía exhalar palabras y el sudor lo delataba que algo grave le estaba sucediendo.

—Cuéntame, si me llamaste y viniste a verme es porque quieres contarme algo importante que te afecta —agregó Lucién.

Se acercó a Jaquem, le tomó sus manos y, mirándolo fijamente a los ojos, añadió:

—Jaquem, conozco tu pasado y desde que te conocí te ofrecí mi ayuda; ahora no será la excepción. Confía en mí como lo has hecho siempre.

Estas palabras dirigidas a él, mientras Lucién lo miraba a los ojos, estrechando sus manos, fueron determinantes para romper en llanto, donde no se dejó esperar un abrazo cálido de Lucién, que lo vino a calmar. Este momento tan íntimo y afectuoso de Lucién, fue suficiente para convencerlo de las buenas intenciones de ella, por lo que al cabo de un par de minutos, Jaquem señaló:

—Esa persona que acaba de salir de la oficina me andaba buscando en la mañana en mi trabajo.

—De seguro debe ser para fines profesionales. No te preocupes por eso, él es un periodista a quien conozco desde hace muchos años, por lo que tu preocupación carece de significado

—fue la respuesta que le dio Lucién, tratando de calmar aún más a Jaquem, quien todavía permanecía con su rostro tenso.

Añadió:

—Seguramente anda averiguando detalles de la bomba que estalló hace unas semanas atrás, al saber que el camión donde explosionó pertenecía a la fábrica donde tú trabajas. Me imagino que lo hace para obtener información y luego comunicarla por medio de la prensa. Insisto en que no debes preocuparte por esta situación —fue la frase con la cual Lucién trataba de comprender y aliviar a Jaquem, esperando que estas palabras reconfortaran al joven.

Jaquem, confundido al escuchar que aquel sujeto que lo andaba buscando fuese un periodista y no el malvado que lo había vejado un tiempo atrás, entró en algún grado de desconcierto al suponer que a lo mejor estaba errado en sus apreciaciones acerca de Gilbert, a pesar de que su subconsciente afirmaba lo contrario.

—Veo que aún no te calmas del todo —añadió Lucién—. ¿Hay algo más que yo deba saber? —inquirió.

—Sí, creo necesario contarle que esa persona que estaba en su oficina es la misma que me maltrató físicamente y me humilló en una isla la primera vez que ingresé a este país. Su rostro nunca lo he olvidado y tampoco lo olvidaré. Estoy seguro de que me anda buscando con intenciones distintas a las que usted cree, solo por el hecho de ser extranjero —replicó Jaquem.

Lucién, asombrada por lo que escuchaba, le preguntó nuevamente a Jaquem:

—¿Estás seguro de lo que dices? Lo que estás afirmando en extremadamente grave y delicado. Cuéntame los detalles de ese momento y describe las circunstancias en que viste a esta persona, que tú dices fue tu agresor.

Jaquem le volvió a relatar en detalle lo que le ocurrió el día que fue apresado en Marsella y luego trasladado en un avión pequeño a una isla junto a varios inmigrantes. Luego de escuchar este relato, que Lucién conocía a grandes rasgos, le preguntó a Jaquem:

—¿Tú quieres mi ayuda, por eso has venido acá? Dime qué deseas hacer.

—No quiero seguir en Lampe Bleue, por lo menos durante un par de semanas, y me gustaría buscar algún lugar donde refugiarme, porque tengo miedo de que me pase algo malo. Estimé que usted debería saberlo y, si me ayuda en esta situación, estaré muy agradecido de usted.

Lucién, un poco contrariada con todo lo que estaba sucediendo, por un lado, escuchar que el esposo de Renata fuese un hombre cruel como lo catalogaba Jaquem; o que Jaquem quería abandonar su trabajo, el que ella le había conseguido unos meses atrás, para esconderse de algo que ella no tenía claro, la hizo pensar que, a lo mejor, este joven extranjero no fuese tan virtuoso como ella pensaba.

—Está bien, te puedes quedar un par de días en tu residencia y trataré de justificar la inasistencia al trabajo durante unas semanas y luego veremos lo que es recomendable hacer por ti —fueron las palabras finales de Lucién, para calmar a Jaquem por lo menos unos días.

Jaquem asintió y luego se despidió, comprometiéndose ambos a mantenerse comunicados por cualquier situación. Al quedarse sola, Lucién reflexionó sobre todo lo que había escuchado, para finalmente preguntarse: si Gilbert quería entrevistar a Jaquem por el atentado de unas semanas atrás, ¿por qué no intentó hacerlo en su oficina cuando estuvieron frente a frente? Era el lugar perfecto para obtener informaciones.

Luego de repensar esta situación y recordar que, en efecto, en los momentos en que ambos rostros se cruzaron cuando Gilbert abandonaba su oficina, advirtió la expresión de miedo que adoptó el rostro de Jaquem. Tomó una decisión que no quería que se aplazara demasiado, por lo que tomó el teléfono y se dispuso a llamar a Gilbert.

—Hola, Gilbert, disculpa que no pude atenderte como te lo mereces, para saldar esa deuda, ¿qué te parece que mañana almorcemos juntos a solas para ponernos al día? —fue la sugerencia de Lucién.

Al otro lado del teléfono, un ansioso Gilbert, al escuchar esta invitación, estuvo presto a aceptarla. Estaba intrigado en descubrir qué hacía el arábigo en la oficina de Lucién, en especial, indagar en qué circunstancias ella lo había conocido. Empero, la ansiedad, curiosidad e intriga era mutua.

CAPÍTULO 33

El restaurante Le Soir, ubicado a tres cuadras de la Plaza de la Concordia, fue el punto de encuentro donde Lucién y Gilbert quedaron concertados para almorzar. Este lugar para ambos era familiar, porque antes de que Gilbert conociera a Renata, en varias ocasiones ambos lo visitaron como amigos cercanos.

Con una puntualidad inusual, Gilbert llegó al lugar con un paso presuroso. Era las 12:30 horas y, al ver que Lucién aún no llegaba, salió del local, sacó un cigarrillo que encendió con premura y se dispuso a caminar con lentitud y cabizbajo por el área de acceso, en actitud pensativa.

A unos cincuenta metros de distancia, Lucién se percató con mucho cuidado de todos estos movimientos de Gilbert, toda vez que ella, premeditadamente, si bien se había apersonado al lugar hacía varios minutos antes que él, se quedó parada al lado de su automóvil, observando a la distancia a Le Soir, con el propósito de percatarse del momento exacto en que su invitado llegaría a ese lugar.

Para ella, la puntualidad y el nerviosismo que se advertía en Gilbert no era acostumbrado, por el contrario, era común que este llegaba atrasado a casi todos los compromisos que adquiría, sin que demostrara nerviosismo ante situaciones cotidianas de la vida. Lucién se aproximó al local de reunión y, a poco andar, Gilbert, casi por instinto, volteó su rostro y divisó a su amiga, arrojando al suelo en el acto parte del cigarrillo que le restaba, el que luego pisoteó con su calzado izquierdo.

Haciendo un análisis psicológico muy particular, para Lucién no era el Gilbert que hasta ahora había conocido, por lo que premunida de mucha delicadeza quería afrontar la situación con naturalidad, pero con cierta precaución, en especial, por lo que le había confidenciado Jaquem. Después de saludarse, ingresaron a Le Soir, donde eligieron una mesa ubicada en una zona distante, buscando la mayor privacidad posible.

—Por lo que me contaste ayer, tu matrimonio con Renata funciona a la perfección —preguntó Lucién a Gilbert, tratando que su interlocutor se relajara, porque lo observaba algo tenso.

—Sí, estamos bien y al parecer Renata está embarazada, lo que nos llena de alegría —fue la respuesta de Gilbert.

—Oh, qué buena noticia, me alegro por ambos, pero ¿por qué me dices que supuestamente ella está embarazada? ¿Todavía esa información no es oficial? —replicó Lucién.

—Lo que pasa es que en estos momentos ella tiene cita con su ginecólogo y los primeros indicios indicarían que estaría embarazada —respondió Gilbert.

—Me lo podrías haber comentado ayer cuando acordamos esta reunión y de esa manera tú la habrías acompañado al médico; pudimos posponer este almuerzo para otra ocasión —manifestó Lucién.

—Sí, es cierto que la pude haber acompañado, pero para mí es importante también conversar contigo respecto de un tema que me interesa —comentó Gilbert.

Lucién escuchó esto último con mucha atención y, también, con curiosidad.

—¿Qué es lo tan importante que me quieres preguntar, que justifique dejar a solas a tu esposa en un momento tan significativo en sus vidas? —fue el comentario hecho por Lucién.

—Como tú sabes, en el último tiempo la cantidad de extranjeros que han llegado a París ha ido en aumento y en cierto modo ha ido alterando para mal la vida cotidiana de los franceses.

Sin pausa alguna, añadió:

—¿Tú conoces a muchos foráneos? —fue la interrogante que Gilbert le formuló, casi en tono inocente.

—Pero, Gilbert, lo que tú me comentas es una situación que todo el mundo puede observar con facilidad con solo salir a la calle, no veo en qué yo pueda ayudarte a este respecto, más aún cuando son muy pocas las personas extranjeras con las cuales me vinculo ordinariamente —fue la respuesta de Lucién.

—Y dentro de las pocas personas con las cuales te relacionas está el joven con quien me crucé ayer en tu oficina —insistió Gilbert.

Esta última frase evocada por Gilbert fue el punto de inflexión de Lucién. Se convenció de que el temor de Jaquem no era disparatado y, lo peor de todo, que estaba descubriendo a su amigo en una fase totalmente desconocida y preocupante, por lo que a partir de este momento ella se puso a la defensiva.

—El joven que ayer estaba en mi oficina es un cliente que por primera vez me visitaba, tenía un problema personal para el cual quería mi asesoría profesional; hablamos un par de minutos y quedó de confirmarme si accedía a mis peticiones presupuestarias —fue la respuesta dada por Lucién.

—Por la amistad de años que tenemos, tú me podrías dar algunos datos de ese joven, que tengo entendido trabaja en la mueblería Lampe Bleue —insistió Gilbert.

—Por la misma amistad que tú invocas y también por el secreto profesional que debo tener con mis clientes, no te puedo entregar detalles de ellos, menos respecto de uno de quien ignoro toda información —fue la respuesta de Lucién.

De inmediato, Lucién preguntó:

—Si tú sabes dónde trabaja y quieres entrevistarlo, ¿por qué no vas a ese lugar llamado Lampe Bleue y le preguntas directamente? Porque me imagino que tú lo quieres hacer en tu rol de periodista —fue la interrogante formulada a Gilbert, quien, al escuchar, solo atinó a engullir un trozo de pavo con vegetales que rebosaban su tenedor, dirigiendo su mirada al infinito.

El resto de las frases que recíprocamente hilvanaban, más que un diálogo fecundo, se transformaron en palabras vacías que solo trataban de llenar una tertulia que con el paso de los minutos incomodaba a ambos, que felizmente llegó a su fin con el último alimento engullido. Al final de este encuentro programado, las dudas de Gilbert respecto de Lucién no se disiparon; a contrario sensu, ocurrió lo mismo.

No le cupo duda a Lucién que, a partir de este momento, tenía que proteger a Jaquem. Al mismo tiempo, debía contactarse con Renata para conocer en primera persona la situación matrimonial en que estaba inmersa y la probable maternidad que se aproximaba. A partir de ahora, también, seguramente debería preocuparse de su propia seguridad.

CAPÍTULO 34

El día invitaba a quedarse en casa, como suele ocurrir con aquellos típicamente otoñales que sirven de preludio al invierno parisino, sin embargo, la actividad humana era incesante. Era el lunes 18 de diciembre de 1996 cuando las puertas de la sede principal del Banco Credit Lyonnais, ubicada en Saint Dominique 900, se abrían para dar inicio a una nueva semana, con una abarrotada concurrencia de clientes que deseaban prepararse para las fiestas navideñas que estaban cercanas. La neblina y una brisa fresca que penetraba en los poros obligaban a los transeúntes a protegerse más de lo habitual, sacando a relucir gabanes, bufandas y prendas abrigadoras.

La economía francesa y la actividad industrial no daban tregua, las operaciones dinerarias y las inversiones empujaban el carro del desarrollo y salvo el día gris que se presentaba, el optimismo era el presagio natural de la mayoría de las personas.

Sin embargo, alrededor del mediodía, cuando el movimiento de personas estaba en su pico, imprevistamente se escucharon en un par de segundos gritos de auxilio, socorro y requerimiento de ayuda de numerosos clientes, que de manera despavorida comenzaron a correr hacia la puerta de entrada, provocando un embotellamiento por la desesperación de otro grupo de individuos, quienes también tomaban la misma decisión. Esto obedecía a que, en el sector de las cajas, de un segundo a otro, ocho personas que aparentaban ser clientes, súbitamente sacaron armas de fuego y encañonaron a los guardias de seguridad, otros a los clientes que estaban a su alrededor, mientras dos de ellos obligaban a los tres cajeros que cumplían sus funciones a que se les entregara todo el dinero disponible en ese momento.

Para ocultar sus rostros, todos ellos, al unísono, se colocaron capuchas que cubrieron sus cabezas y, de esa forma, dificultaron la identificación de los mismos. Para atemorizar a quienes se encontraban más distantes, dos de los forajidos hicieron percutar sus armas, escuchándose cuatro disparos al aire que no pasaron desapercibidos para ninguna persona que se encontraba en su interior.

La estampida de las personas que esperaban atención y que circulaban al interior del banco no se dejó esperar. A partir de ese momento, el caos se apoderó de la situación. Las alarmas de seguridad se activaron y la policía se hizo presente, adoptando los protocolos de rigor, desplegando a un equipo especializado para enfrentar la situación, a través de vehículos que velozmente se desplazaban por las calles adyacentes.

La aglomeración de personas que intentaba salir lo más pronto posible del banco, en lugar de agilizar sus movimientos, produjo un atasco por la confusión y desesperación reinante, impidiendo con ello que la policía, al llegar al lugar, ingresara prestamente a la entidad financiera, lapso que resultó fatal para algunos guardias, clientes y cajeros bancarios, quienes fueron asesinados a quemarropa por los asaltantes.

Cuando la policía rodeó el edificio, formando una cadena de agentes de seguridad que cubría todo el radio por donde podían escapar los asaltantes, ya habían fallecido tres guardias, dos clientes y dos cajeros. Al intentar ingresar al banco un pelotón de agentes policiales, debidamente protegidos con chalecos antibalas y trajes apropiados para la ocasión, una bomba detonó a pocos metros de la puerta de entrada, destruyendo parte de ella y provocando la muerte de siete policías y de algunos pocos clientes que estaban de rehén.

Ante la coyuntura extrema que estos acontecimientos estaban provocando, todas las unidades policiales fueron convocadas, como también los agentes de seguridad de la policía secreta, contingente paramilitar que desde hacía un par de meses estaba operando en el país. Otros policías, por vía aérea, descendieron de helicópteros por el techo del banco a fin de no dejar ningún espacio para la escapatoria de los asaltantes. La decisión del ministro del Interior francés, Benoit Cazavain, fue inclaudicable. El jefe de la policía, minutos después de tomar conocimiento del asalto al Banco Credit Lyonnais, espetó imperiosamente que a los asaltantes los quería vivos o muertos dentro de un par de horas. El mensaje era más que claro.

Al cerciorarse la policía que el número de asaltantes era reducido, prepararon un asalto final al banco, cubriendo todos los flancos posibles y tratando de no caer de nuevo en una emboscada mortal. Alrededor de las 14 horas, irrumpieron por todos los puntos cardinales un centenar de policías parapetados con elementos de defensa, disparando y rodeando con presteza a los asaltantes, quienes ya estaban menguados por la tensión permanente a la que estaban sujetos y porque el arsenal balístico del cual disponían se había reducido ostensiblemente.

La violenta refriega en que se transformó la reacción policiaca ocasionó la muerte de cuatro de los asaltantes, quedando los cuatro restantes heridos de diversa consideración, quienes fueron aprehendidos y trasladados, con extrema seguridad, al cuartel de la policía nacional francesa. No cabía duda de que Francia, en el corazón mismo del país, había experimentado un nuevo atentado terrorista, con múltiples víctimas, pero con una magnitud desconocida, como no había ocurrido en aquellos años que lo precedieron. Por la extensión, tanto del daño estructural como del miedo que se incubó en gran parte de la población, el asalto bancario se transformó en el mayor suceso acaecido en el año 1996, que traería consecuencias políticas y de seguridad nacional para la república de Francia. También para Gilbert y Renata.

CAPÍTULO 35

Monsieur L estaba al tanto de todo lo ocurrido y lo mismo ocurría con Gilbert, quien por la inmediata información que recabó, tanto de los medios de prensa como de la policía secreta, con la cual en el último tiempo se habían coordinado, estuvo atento al devenir de los hechos. El cuartel de la policía nacional francesa fue aislado por completo en un radio de doscientos metros para proceder a interrogar e identificar a los autores del atraco bancario, quienes estuvieron muy próximos a alcanzar su objetivo, toda vez que al ser detenidos se constató que en tres mochilas que portaban, estas se encontraban abarrotadas de miles de francos franceses.

Durante el trayecto al departamento de policía, los cuatro asaltantes lesionados y detenidos fueron asistidos en el mismo vehículo policial por un médico y un paramédico, quienes les brindaron los primeros auxilios. Todas las lesiones que presentaban habían sido por armas de fuego, disparos que recibieron superficialmente, ya sea en las piernas, brazos, abdomen y glúteos, que no comprometieron sus vidas. Sin embargo, el sangrado profuso que se apreciaba a simple vista en los rostros y ropa de los supervivientes daba a entender que la gravedad de las lesiones era mucho mayor a la que en realidad resultó. Además, lo extenso de las manchas de sangre dificultaba apreciar sus rasgos faciales.

En otro escenario, los cuatro asaltantes acribillados por la policía fueron derivados a la unidad forense para la práctica de las autopsias correspondientes, no tanto para determinar la causa y naturaleza de las lesiones mortales, sino en especial para identificar a quienes correspondía cada uno de los cuerpos que inmóviles yacían en el frío y tétrico pabellón de anatomía médico legal.

Tras varias revisiones exhaustivas y con dispositivos especiales que los agentes policiales efectuaron en las pertenencias y ropa de los asaltantes, tanto sobrevivientes como fallecidos, no fue posible encontrar documentación identificatoria de algunos de ellos, por lo que existía desde un comienzo un punto ciego en la pesquisa de sus identidades personales. Empero, una vez que fueron curados los detenidos y ligeramente aseados de las heridas y manchas de sangre que salpicaban su vestuario y parte del rostro, los especialistas en descifrar trazos cutáneos, luego de tomar examen a las huellas dactilares de las extremidades superiores de todos los involucrados en el asalto bancario, llegaron a una indubitada conclusión: ninguno de ellos tenía nacionalidad francesa, ni tampoco se trataba de personas extranjeras que tenían domicilio en Francia.

En resumen, se trataba de terroristas venidos desde el extranjero. Cada información que con el paso de los días se obtenía de fuentes oficiales era replicada al segundo a Monsieur L, quien, a su vez, con cierto grado de furia, las transmitía a los jerarcas encargados de espiar el ingreso al país de individuos extranjeros con peligrosas intenciones de desestabilizar el orden económico y social preexistente. Gilbert era uno a quien Monsieur L reprendía con mayor vehemencia, por considerarlo que, por la confianza depositada en su persona, en sus hombros descansaba el éxito o el fracaso de los propósitos de erradicar la inmigración que desde unos años a la fecha estaba alterando la paz social de Francia.

El asalto al Banco Credit Lyonnais había sido una dura derrota de los afanes perseguidos por la organización que dirigía y también su reputación y credibilidad de quienes la sostenían económicamente había quedado seriamente resentida. Gilbert, ante esta cruda realidad que lo tenía muy preocupado, fue gatillando cierto grado de turbación personal, en atención a que por una parte no quería dejar pasar más días para encontrarse con el arábigo, personificado en el afgano Jaquem y, al mismo tiempo, por instrucciones de Monsieur L, también debía indagar quiénes eran los autores del atentado al Banco Credit Lyonnais y, en caso de ser extranjeros, averiguar su procedencia.

Al cabo de una semana de incesantes indagaciones policiales y de análisis de muestras en los laboratorios de criminalística, la policía francesa, con la ayuda de agencias policiales de otros países europeos, logró obtener una información crucial. Todos los integrantes que participaron en el atentado terrorista del Banco Credit Lyonnais eran albaneses y formaban parte de la agrupación ANA.

Nuevos datos adicionales salieron a la luz pública con el correr de los días, como aconteció en vísperas de las fiestas de fin de año, cuando en un punto de prensa convocado por el Director Nacional de la Policía, ratificó la nacionalidad de los partícipes, agregando este personero público un dato no menor. Informó acerca de la identidad de cada uno quienes participaron:

—Doy a conocer a la ciudadanía y a todos los medios de comunicación que la identidad de los asaltantes al Banco Credit Lyonnais es la siguiente: Los asaltantes que a la fecha se encuentran encarcelados son todos de nacionalidad albanesa y sus nombres son: Ayathollay Abuk, Abdel Inzaquiri, Dardan Abissey y Bashkim Zikuirane. A su vez, los asaltantes que resultaron fallecidos también se corroboró que tienen el mismo origen y han sido identificados como Skender Chavhane, Behar Sula, Gjon Mehmeti y Kadhi Sahane.

Las alertas no se hicieron esperar ante esta información dada por la máxima autoridad policial francesa, toda vez que en concordancia con la información compartida y también refrendado por la policía de Albania, a los pocos días del atentado se pudo establecer que todos los integrantes eran prófugos desde hacía muchos años de las autoridades albanesas. Cobró relevancia que, entre los asaltantes abatidos por la policía francesa, se encontraba el líder del grupo de nombre Kadhi Sahane, un terrorista que hacía muchos años atrás se había hecho muy conocido a nivel local, pero que no era flanco de preocupación porque figuraba fallecido en el mes de febrero del año 1982, con ocasión de una explosión y posterior incendio acaecido en el lugar donde este pernoctaba, siniestro del cual nada quedó en pie.

Este dato inquietó a las autoridades francesas, toda vez que había ingresado al país alguien que oficialmente estaba muerto, lo que denotaba claramente que los controles migratorios tenían profundas grietas y falencias, más tratándose de un personaje que era un connotado y líder terrorista. En este escenario, tampoco constituía un dato menor, el hecho de que el famoso Kadhi Sahane había sido el padre de la niña Zaria Sahane, conocida en la actualidad como Renata Farrell, la esposa de Gilbert Nicolleux.

CAPÍTULO 36

Renata, que había recibido la grata noticia de su ginecólogo de encontrarse embarazada de ocho semanas, recibió la visita de Lucién, quien después de una llamada telefónica, anunció que la visitaría en víspera de Navidad. Muy contenta de reencontrarse con Lucién, con quien después de su matrimonio había perdido contacto, salvo encuentros esporádicos, lo comprendía perfectamente porque sabía que Lucién deseaba alejarse de ella para no interferir en su matrimonio, por lo menos durante los primeros años. Además, tenía presente que gracias a Lucién conoció a su marido Gilbert, por lo que ese hecho siempre fue una circunstancia relevante para Renata.

—Qué gusto de verte, amiga Lucién, me imagino que en todo este tiempo que hemos estado distantes debes tener muchas novedades para narrar —fueron las primeras palabras esbozadas por Renata.

—Por supuesto que tengo algunos acontecimientos dignos de comentar, pero por tu rostro alegre me imagino que debes atesorar momentos de mayor interés que los míos —fue la respuesta de Lucién.

Sin abandonar en ningún momento una tenue sonrisa que reflejaba el rostro de Renata, esta última asintió:

—En verdad, estoy radiante de felicidad porque días atrás mi ginecólogo confirmó que estoy embarazada, noticia que me alegró mucho porque tanto yo como Gilbert estamos deseosos de ser padres —fue la respuesta de Renata. Añadió—: Me imagino tener a mi bebé en brazos, brindándole toda la protección y el calor que necesita, sintiendo al mismo tiempo los brazos de Gilbert que nos protegen. Es un sueño hecho realidad.

—¿Y cuál fue la reacción de Gilbert cuando tú le comentaste que el ginecólogo te avisó que iban a ser padres? —fue una premeditada pregunta formulada por Lucién, ante la cual Renata respondió:

—Gilbert se enteró al día siguiente de todo aquello, porque el mismo día en que tuve la noticia del doctor, él no se encontraba en París.

Lucién contuvo la respiración, al percatarse que Gilbert le había mentido descaradamente a Renata, y solo atinó a escucharla sin interrumpir.

—A partir de ahora debo cuidarme más de lo habitual, de hecho, mi médico me dio una larga lista de vegetales y frutas que eran recomendables para un crecimiento embrionario óptimo. Deseo que este tiempo sea especial y haré lo máximo para que así sea —sentenció Renata.

Lucién se acomodó en el sofá; había escuchado pacientemente a su amiga, la que, por la expresión de su rostro, su mirada fresca y sonrisa permanente, la retrataban como una mujer pletórica de felicidad, por lo que se abstuvo de indagar y comentar aquellas situaciones extrañas que advertía tenuemente en Gilbert. Luego de compartir un breve refrigerio, ambas se desearon una hermosa Navidad, ofreciéndose Lucién para que contara con ella por cualquiera eventualidad que surgiera durante el embarazo.

Antes de cruzar el umbral de la puerta de salida, Lucién formuló una última pregunta a Renata:

—¿La Navidad la pasarás a solas con Gilbert o acompañada con miembros de su familia?

—Iremos a cenar a solas y luego se unirán con nosotros unos muy queridos amigos, con los cuales compartiremos algunos presentes —fue la respuesta de Renata.

—Ajá. Feliz Navidad, Renata.

A unas veinte cuadras de distancia, Gilbert permanecía en una reunión convocada a última hora por Monsieur L para entregar información confidencial que había recibido de la policía secreta, con la idea de coordinar las tareas que había planificado a partir de este nuevo escenario que se estaba instalando al interior de Francia.

—Se me ha ratificado, con detalles relevantes, que efectivamente los ocho asaltantes del Banco Credit Lyonnais son extranjeros, habían salido de Albania con documentación falsificada, descubriéndose que el cabecilla del movimiento terrorista era Kadhi Sahane, persona que según la información oficial que mantenía hasta cierto tiempo la policía albanesa no aparecía activo en sus registros, sino que, por el contrario, figuraba como fallecido en el año 1982 en un incendio —fueron algunos de los relatos de Monsieur L—. En las averiguaciones que desde hace un par de años se llevan a efecto entre la policía francesa con otros departamentos policiales internacionales, se detectó que el mencionado Kadhi Sahane se hacía llamar Stephan Rigus, identificación que fue corroborada por autoridades albanesas, con cuyo apelativo emigró de Albania en varias oportunidades e ingresando con esa identidad a Francia hace un par de semanas. Mi preocupación es seguir indagando y requiriendo información respecto de cada uno de los integrantes del resto de los terroristas, en especial inquirir acerca de los lazos que esas personas tengan o puedan tener en nuestro país, ya sea con amigos o con algunos parientes.

Finalmente replicó:

—El malestar en nuestra población es mayúsculo por el miedo que se ha ido inoculando en cada uno de nuestros compatriotas, por lo que me he comprometido con quienes confían en nosotros, que, a partir de ahora, lo que reemplazará a la información será la acción.

—Sí... la acción —replicaron a modo de arenga los demás convocados a esta asamblea, quienes en actitud desafiante querían ser leales con su país, con la organización y con Monsieur L.

Gilbert se contaba entre aquellos más entusiastas de los concurrentes. Salió presuroso de allí para reencontrarse con Renata, a quien le había prometido disfrutar la Navidad en pareja, por lo que este 24 de diciembre de 1996, intentó olvidarse, aunque fuese por pocos días, de los afanes que Monsieur L tenía en su mente.

—*Joyeux Noël à tous.*

CAPÍTULO 37

Las luces de colores, los adornos navideños, y la publicidad centrada en estas fiestas soslayaban en parte la inquietud que días antes se había posesionado de los parisienses, con ocasión del asalto al Banco Credit Lyonnais. Las personas generalmente se reunían en familia y un contingente menor salía a disfrutar estas festividades en hoteles, restaurantes o en clubes sociales, que se preparaban para recibir a sus visitantes, ofreciéndoles una alternativa distinta. Otro contingente salía de la ciudad para celebrar las fiestas navideñas en lugares turísticos, como la Costa Azul, siendo muy visitadas las ciudades de Niza y Cannes, donde el frío y las lluvias son más escasas que en París.

Gilbert y Renata eran una de las múltiples parejas que decidieron compartir una cena navideña a solas en un elegante restaurante del Barrio Latino. Tomados de la mano ingresaron al lugar, indagando por la reserva que Gilbert había hecho días atrás, apenas supo que iba a ser padre. Más de algún rostro conocido para Gilbert pudo visualizar a la distancia, empero, su foco era regalonear a Renata, esta mujer que desde sus inicios lo sedujo, lo conquistó y enamoró perdidamente por su simpatía, sencillez y dulzura, además de su figura que era del todo gusto suyo.

Ahora había un motivo adicional para celebrar, la gestación de su primer hijo en el vientre de su amada. Para Renata, independiente que su marido permaneciera ausente físicamente por sus actividades, compartir con Gilbert era siempre un motivo de alegría por las atenciones que recibía y el trato afectuoso que irradiaba. Estar a su lado significaba alcanzar la felicidad plena.

Todos los momentos gratos que habían experimentado desde que se conocieron, se transformaron en un incesante motivo para brindar una y otra vez, en compañía de un champagne elegido para la ocasión.

—Amor, no puedo dejar de decirte que conocerte, casarme contigo y ahora tener la dicha de estar engendrando una criatura maravillosa en mi interior me hace sentir la mujer más afortunada del universo —fueron algunas de las frases que caracterizaron la velada navideña compartida con Gilbert.

Gilbert, a su vez, estrechándole sus manos por enésima vez, le decía:

—El afortunado soy yo, al conocerte y poder disfrutar mi vida contigo por el resto de mis días. Me comprometo a que el próximo año me esforzaré para compartir más tiempo contigo y con nuestro bebé que irrumpirá en nuestros corazones en unos meses más.

Fueron palabras de Gilbert, a las cuales añadió:

—Para que este precioso momento permanezca en nuestras retinas, voy a colocar en tus manos un presente que te ofrezco con todo mi ser, que representa el inmenso amor que nace constantemente hacia ti.

Terminada la frase, se dispuso a sacar de uno de los bolsillos de su chaqueta una pequeña cajita con los colores típicos navideños, que posó en la palma derecha de Renata. Renata permanecía silente, escuchando con atención los parabienes de su marido, que la emocionaban por doquier, por lo que con mucho cuidado se dispuso a abrir el regalo que tenía en sus manos. Se trataba de un hermoso anillo de diamante, que tenía impregnada una escueta leyenda que decía: «Grandioso e infinito amor».

Antes de concluir la cena, ambos alzaron sus copas, entrecruzaron sus brazos, al igual que lo hicieron la noche que contrajeron matrimonio, y se desearon amor eterno. Había sido una velada tan maravillosa que, en estas circunstancias, en lugar de compartir con algunos amigos comunes, como primitivamente lo había planeado Gilbert, el lenguaje no verbal de ambos consortes era claro e inequívoco:

—Vayamos a concluir esta jornada navideña en nuestro propio hogar.

Efectivamente, así fue. Se dirigieron a su domicilio en el mismo taxi que los había trasladado al restaurante, para finalizar una noche de ensueño, donde la Nochebuena fue pletórica. Cuando Renata se recostó en su cama, después de haberse entregado con mucho amor a su marido en plenitud, no pudo evitar que en su mente, que paulatinamente se iba aplacando por el sueño, el cansancio de su cuerpo y las copas bebidas, se tejiera un pensamiento dulce y de plena satisfacción: esta celebración navideña no la olvidaría jamás por la fantasía que cubrió estos bellos momentos.

Gilbert se sentía también satisfecho y feliz por la velada compartida con su amada esposa, con la diferencia de que en su mente se entrecruzaban otros pensamientos y preocupaciones adicionales, que no eran similares a la sensación de bienestar de Renata.

CAPÍTULO 38

Las indagaciones policiales que interesaban a Monsieur L no daban pausa, debido a que las informaciones acerca de los terroristas encarcelados y fallecidos por el asalto bancario se iban incrementando con el transcurso de los días. Se había tomado conocimiento que, respecto de dos de los detenidos por estos hechos, Abdel Inzaquiri y Dardan Abissey, sus identidades habían sido adulteradas. A su vez, también se corroboró que de los asaltantes que resultaron fallecidos, de igual nacionalidad, se constató que Kadhi Sahane tenía nexos con personas que vivían en Francia desde hacía varios años.

Se había descubierto que Sahane tuvo un amante por años, mujer que trabajaba para el gobierno de Albania, cuyo nombre era Gyra Bendouzla, la misma que en una oficina pública de Samar le había entregado años atrás a Kedyla una nueva identificación, como ciudadana francesa, lo que le permitió ingresar al país galo junto a su hija Zaria. A raíz de las pesquisas que a nivel interno realizó la policía de Albania, se descubrió que Gyra formaba parte de una organización que falsificaba identidades en favor de personas opositoras al régimen. Ahora purgaba una condena en una de las cárceles de Tirana, la que había sido atenuada por la colaboración que prestó a los investigadores, entregando detalles de las personas que fueron favorecidas.

Dentro de la múltiple información reservada que la policía albanesa logró recabar en su momento, con ocasión de las confesiones prestadas por Gyra, se encontraba aquella relacionada con los datos personales de Renata Farrell y su madre. Esta misma información la proporcionó a la fiscalía francesa, una vez que se pudo constatar la directa responsabilidad de ciudadanos de Albania en el atentado bancario parisino.

Monsieur L no fue ajeno a esta nutrida información, toda vez que uno de sus cercanos colaboradores se la confidenció, añadiendo que de las mujeres beneficiadas con una nueva identidad se encontraba una tal Renata Farrell, nombre que coincidía con la esposa de su brazo derecho, Gilbert Nicolleux. Esta última información sacudió la fuerte personalidad de Monsieur L, quien de inmediato llamó a algunos aliados de su total confianza para que se cercioraran si aquello solo constituía una mera y circunstancial coincidencia o en realidad Gilbert estaba emparejado con la hija de un peligroso terrorista albanés, que ahora bien muerto estaba por el asalto sangriento en que había participado.

No pasaron más de 48 horas cuando de fuente plenamente fidedigna le ratificaron que efectivamente la esposa de Gilbert había nacido en Tirana y su padre era el conocido terrorista Kadhi Sahane. Medio aturdido por esta noticia, el rostro perplejo de Monsieur L, que adquirió una tonalidad más roja que la habitual, dirigió su mirada impertérrita a su interlocutor, como tratando de buscar alguna explicación. Permaneció silente un par de segundos y luego, al dejar en libertad de acción a su informante, se dispuso a revisar numerosos papeles que tenía a su alcance, sin poder desconectarse en ningún momento de este nuevo escenario en que aparecía Gilbert comprometido.

Luego de algunos minutos de desvarío, no trepidó más tiempo, cogió el auricular del teléfono y llamó con urgencia a Gilbert, para que se presentara de inmediato ante su presencia. Gilbert, que, en las últimas semanas había dejado de ver al «arábigo», al informársele que no concurría a trabajar a la mueblería donde laboraba, por lo que había dejado de lado momentáneamente su preocupación de continuar indagando sus pasos, por las instrucciones recibidas de Monsieur L, estimaba que era tiempo para retomar la investigación para la obtención de otros datos del afgano. Sin embargo, su propósito de nuevo fue abortado al escuchar el tradicional sonido del teléfono de su casa y oír un tono rudo y seco de Monsieur que lo citaba con urgencia, por lo que no dudó en ponerse bajo sus órdenes.

Tomó un taxi para llegar lo más pronto donde su jefe, quien de seguro estaba enfadado por los graves acontecimientos del asalto al Banco Lyonnais, que constituía una derrota clara en la lucha contra las organizaciones terroristas extranjeras, que a esas alturas constituía una lacra para la vida de los franceses. Durante el viaje en el vehículo de alquiler, Gilbert suponía que seguramente su jefe le iba a pedir medidas más radicales en el trato con los migrantes, para que no se repitiesen hechos como los acaecidos recientemente.

—Estaré a lo que usted ordene —fueron las primeras palabras que profirió Gilbert cuando vio la imponente figura de Monsieur L aparecer por la puerta, antes de que este último esbozara alguna palabra a este encuentro relámpago. Tampoco hubo un saludo que denotara cierta cordialidad, como había acontecido en otras ocasiones.

—Parece que te das cuenta perfectamente de mi estado de ánimo —replicó Monsieur L—. En efecto, estoy muy enfadado porque si bien habíamos tenido bajo cierto control a los migrantes del sur, todo nuestro trabajo se ha ido al carajo con lo ocurrido en estos últimos meses, donde se han reído en nuestras propias barbas, tanto de la policía como de nosotros, por lo que mi paciencia ha llegado a su límite máximo.

Gilbert escuchaba sin interrumpirlo y algo temeroso, porque nunca lo había visto tan resuelto y malhumorado, que cada frase quemaba su piel. Esperaba con ansias y también con inquietud lo que su jefe le iba a pedir, pero tenía plena seguridad de que ahora no lo iba a defraudar.

—Como puedes darte cuenta, a partir de ahora tendremos que cambiar nuestra estrategia indulgente. Tenemos que acabar con la mayor cantidad de migrantes que han transformado nuestra patria en un sendero de caos, muerte y destrucción, preocupándonos, no solo de los que ingresan, sino también de aquellos que conviven con nosotros, que tienen un pasado terrorista y pueden ser tanto o más peligrosos.

—Entiendo claramente su mensaje y estoy dispuesto a acatar sus órdenes y, si es necesario, reclutar más personas para conseguirlo, le aseguro que no titubearé —fueron las palabras esbozadas por Gilbert.

—Muy bien. Necesito que lo que te voy a pedir lo cumplas a la brevedad.

—Así será, Monsieur —señaló Gilbert.

—Perfecto, como tú estás casado con una hija de un terrorista que participó en el asalto del Banco Lyonnais, necesito con urgencia que te hagas cargo de ella —fue la lapidaria orden de Monsieur.

—Eh, no entiendo bien lo que usted me está ordenando, porque yo estoy casado con una ciudadana francesa que no tiene nada que ver con los migrantes, menos con el terrorismo —fue el alcance que le hizo Gilbert, ante esta petición para él inexplicable.

Monsieur se inclinó para sacar de un cajón de su escritorio personal unos documentos que enseñó a Gilbert, donde aparecía toda la información recopilada acerca de Renata Farrell.

Ahora el rostro perplejo era el de Gilbert, quien anonadado con lo que estaba viendo y viviendo, trató de apoyarse en la superficie del escritorio, al perder fuerza por el impacto emocional que ello le produjo, formulándole una nueva interrogante a su jefe.

—No sé qué significa esto... no sé qué decir y aunque estoy perturbado por lo que usted me da a conocer en estos momentos, no entiendo con claridad en qué consiste la orden que usted me está impartiendo —fue una especie de pregunta y de clemencia al mismo tiempo, que formuló Gilbert.

—Reitero que te hagas cargo de tu mujer, eso significa que la hagas desaparecer, así como lo has hecho con otros —fue la lapidaria y cruel orden dada por Monsieur L.

—Pero, señor... ella está embarazada, no es terrorista. No es una mala persona —fue un clamor que brotaba de lo más profundo del alma de Gilbert.

—Hazla desaparecer. Esta reunión ha terminado —fueron las últimas palabras que Monsieur le dijo a Gilbert, cerrando bruscamente la puerta de entrada.

Los veinte pasos que Gilbert dio hacia el ascensor fueron los más extensos y fatigosos de su vida. La confusión hizo presa suya. Al iniciar su caminata por la vereda contigua al *hall* del edificio Regency Club, desde un teléfono público ubicado a pocos metros, llamó a Renata, a quien le comunicó que esa noche llegaría más tarde que de costumbre, porque tenía un evento de última hora, el cual no podía eludir. Renata asintió con su delicadeza, mientras miraba fijamente el anillo de diamante colocado en el anular de su mano izquierda, con la cual tenía tomado el auricular del teléfono.

CAPÍTULO 39

Esa noche, Gilbert se limitó a caminar sin rumbo fijo por una de las tantas avenidas de la urbe, donde el gentío habitual del día iba paulatinamente reduciéndose con el transcurso de los minutos. Las siluetas humanas estaban en franca retirada y la soledad y el silencio de la noche cobraban protagonismo. Su mirada en el gris cemento que se humedecía con la fina neblina que se dejaba caer iba a la par con sus pasos pausados, como si estuviera en el borde de una cornisa a punto de caer. Esas pisadas recorrieron la solitaria acera, como si fuese un eterno peregrinaje, salvo que había un punto de llegada que era incierto, donde a su paso iban emergiendo tenuemente los focos de las luces que iluminaban la arteria.

Luego de un tiempo incalculable de transitar sin rumbo, la luminosidad particular de un letrero que se divisaba a pocos metros lo sacó de ese marasmo; se trataba de una posada que ofrecía servicios de alimentación y albergue diario, muy utilizado por los pasajeros que visitaban París por pocos días. No titubeó ni un momento e ingresó a ese lugar, donde pidió una habitación por la noche. Gilbert era un fumador social, solo lo hacía cuando estaba acompañado de amigos y en ambientes festivos. Esta no era la ocasión, pues apenas entró a la habitación que rentó, sacó de un bolso que siempre tenía consigo una cajetilla de Gitanes, que se esfumaron en muy poco tiempo. Sus manos sudorosas temblaban al sostener uno y otro pitillo, ensimismado no solo en la última orden que le había dado su jefe, sino en la historia familiar de su amada Renata.

Durmió muy poco, porque quería reflexionar acerca de lo que debía hacer en esta situación que lo tenía perturbado.

Se preguntaba si la información que le dio Monsieur L sería efectiva y, si así fuera, por qué Renata mantuvo oculta su historia familiar. La vigilia, que por largas horas involuntariamente se hizo presa de este particular momento de su existencia, era trocada por un sinfín de pensamientos, ideas y conjeturas que rondaban en su cabeza, entre las cuales apareció con mucha fuerza la imagen de Lucién. Reflexionaba... si él conoció a Renata gracias a Lucién, eso significaba que su amiga debía conocer plenamente el pasado de su esposa y, como Lucién tiene contacto con el arábigo del cual sospecha que forma parte de una organización terrorista, entonces podría ser que Lucién también lo sea, fue la conjetura a la que finalmente arribó.

Se quedó con esta idea rondando en su cabeza que, luego de haber dormido más por cansancio que por otro motivo, al despertarse a primeras horas del día, lo primero que hizo fue dirigirse raudamente al departamento de Lucién. La visita en su domicilio y a primeras horas de la mañana tomó por sorpresa a Lucién, quien, al ver el rostro de Gilbert con signos evidentes de cansancio, usando un traje y camisa con algunas arrugas, impropias de las vestimentas recién puestas, más algunos signos faciales nunca antes vistos en Gilbert, le preocuparon.

—Hola, Gilbert. Qué sorpresa encontrarte a estas horas de la mañana. ¿Le pasó algo a Renata? ¿A qué se debe tu visita? —fueron algunas de las frases que hilvanó Lucién, quien también estaba sobresaltada por este inusual encuentro, mientras lo hacía pasar al interior de su residencia.

Apenas estuvo dentro de la residencia Gilbert, estando de pie, le preguntó sin titubeos acerca de los orígenes de Renata, si conocía a sus progenitores u otros familiares cercanos.

—Gilbert, me sorprende que me preguntes la información indicada, yo solo soy su amiga, de seguro una de sus mejores amigas, pero tú eres su esposo y es lógico que tú conozcas esa información mejor que yo —fue la respuesta de Lucién.

—Te pido que no esquives la respuesta y me contestes lo que te estoy preguntando —insistió Gilbert, con un tono más alto y de molestia.

—Te prohíbo que vengas a estas horas, a mi propio domicilio y con esta actitud que la califico de insolente —fue la dura respuesta de Lucién, que se molestó por el calibre que iba tomando la discusión.

Fue en ese momento en que Gilbert se descontroló y enfurecido, dio un puñetazo a una vidriera que estaba a su paso, trizando varios artículos de loza que salieron disparados con el rudo golpe, mientras se retiraba presurosamente del domicilio de Lucién, sin antes exclamar:

—Tú me estás ocultando cosas que yo debo saber y eso te puede salir muy caro —fue la destemplada amenaza que le hizo Gilbert.

Al salir, Gilbert murmuró muy ofuscado:

—Todo está lo suficientemente claro; hay una confabulación entre Lucién, Renata, ese arábigo y no sé quiénes más.

Dentro de la habitación, Lucién, nerviosa y preocupada por el mal rato, también susurró:

—Me queda claro que Jaquem tenía razón, este Gilbert no es el de siempre, es otra persona muy similar al que me describió el afgano y, de seguro, está involucrado en una actividad ilegal.

Preocupada por lo sucedido, se sirvió un ligero desayuno y con rapidez se aprestó a visitar a Jaquem de lo ocurrido y seguidamente, acudir al domicilio de Renata para saber cómo ella se encontraba. Tomó su automóvil y vertiginosamente se dirigió a ver al afgano para informarle de lo acontecido y, continuar de inmediato a visitar a su amiga, quien seguramente no la estaba pasando bien.

En un par de minutos, llegaría a su destino.

CAPÍTULO 40

Renata no había pasado una buena jornada. Seguramente el embarazo que llevaba consigo podía ser el causante de las incomodidades que tuvo a lo largo de la noche para no dormir profundamente, como solía hacerlo, o al menos eso pensaba.

Estaba acostumbrada a dormir sola muchas veces por la actividad de su marido, quien tenía que cubrir eventos sociales en distintas ciudades de Francia y de otros países europeos, lo que le impedía pernoctar continuadamente en su domicilio. Por lo tanto, su ausencia, especialmente en esta época del año, en los albores de un nuevo año, no era del todo extraña.

Se levantó y, luego de un desayuno liviano, se fue a recostar cerca de la chimenea, que había permanecido toda la noche encendida, como era usual en los fríos días de invierno.

Su letargo fue abruptamente interrumpido cuando sintió llegar un automóvil que frenó de golpe, frente a su hogar.

Miró hacia el exterior, percatándose de que era Gilbert, quien a simple vista se apreciaba nervioso por sus desplazamientos presurosos. Entró raudamente por el antejardín y lo mismo hizo cuando ingresó en la casa.

Renata se preocupó por su actitud y su apariencia, por lo que súbitamente se levantó del sofá y se dispuso a encontrarlo para indagar qué le había sucedido.

No alcanzó a articular palabra alguna o gesto de saludo, cuando Gilbert, fuera de sí, la toma del brazo, la dirige con fuerza por un pasillo y la hace entrar a una habitación pequeña donde se guardaban algunos enseres que no se utilizaban a diario.

—¿Qué te pasa? No me tomes así, ¿qué ocurre? Suéltame, me estás dañando, no entiendo nada... —fueron algunas de las numerosas expresiones que profirió Renata, quien también entró en un estado de desesperación y desconcierto.

Fue en ese momento que Gilbert sacó de su chaqueta un arma de fuego, apuntando a Renata, quien instintivamente levantó los brazos, como pidiendo indulgencia, sin entender nada de lo que ocurría.

—Te desconozco, Gilbert, ¿por qué me quieres dañar?

—Ponte de espaldas y arrodíllate —fueron las palabras que una y otra vez Gilbert repitió imperativamente, impulsándola con uno de sus brazos y mucha energía al suelo, donde Renata, temblando constantemente, le rogaba que no le hiciera daño.

En ese momento, se escuchó un disparo que resonó en toda la casa y sus alrededores.

El cuerpo de Renata quedó inerte.

Luego Gilbert empuñó el arma por segunda vez, colocándola en la nuca de Renata, que permanecía inmóvil. Se aprestó a jalar el gatillo y cuando su dedo índice de la mano derecha estaba ejerciendo presión, repentinamente se arrepintió, se asustó y algunas lágrimas brotaron de sus ojos.

Se agachó, tomó a Renata con ambos brazos, la levantó y la sentó en un sillón que estaba en ese lugar. Se percató de que estaba desvanecida e inconsciente, por lo que no podía sostenerse en esa posición. Entonces, alzó con cuidado su cuerpo y la trasladó a una de las habitaciones del primer piso, donde la recostó, comprobando que respiraba.

Sollozando, le pedía una y otra vez que lo perdonara por lo ocurrido; no quería hacerlo, se lo habían ordenado, reiterando que la amaba profundamente.

Gilbert trató de que Renata ingiriera líquido para hidratar su piel, que se veía pálida, y lograr que recuperara la conciencia. La acomodó y le preparó algunos brebajes apropiados para este tipo de situaciones. Tenía plena seguridad de que Renata no había fallecido como imperiosamente lo deseaba Monsieur L, porque la única bala que salió de su pistola automática Sig Sauer de 9 milímetros no dio en el cuerpo de Renata, debido a que Gilbert, instintivamente, no quiso que así ocurriera. Si bien estaba apuntando a la nuca de su esposa, al momento de apretar el gatillo desvió el arma de la cabeza de Renata, evitando con ello dañar toda su caja craneana, que de seguro habría estallado en un segundo.

Al cabo de una hora aproximadamente, Renata recuperó el conocimiento. No recordaba muy bien lo que había acontecido, salvo que, al ver el rostro de Gilbert, lo rechazó rotundamente y le pidió que la dejara sola.

Gilbert, nervioso e inquieto, por momentos susurraba reiteradamente la palabra «perdón». Sin escuchar alguna respuesta, se dispuso a abandonar la habitación.

A varios kilómetros de ese lugar, Lucién había ido en busca de Jaquem para narrarle con detalles el episodio vivido con Gilbert, dándose cuenta de que este joven ahora le era más confiable.

—Quiero que me acompañes al domicilio de Renata, porque deseo asegurarme de que ella esté bien —fue la petición que Lucién le hizo a su joven amigo.

—Por supuesto que lo haré —fue la respuesta sin titubeo de Jaquem, quien se alistó para acompañar a su amiga Lucién, a quien siempre agradecía por la generosidad y preocupación que había tenido con él desde que lo conoció.

Coincidió que, cuando Gilbert hacía abandono de su domicilio, divisó que se estaba estacionando el automóvil de Lucién, quien se encontraba sola dentro del vehículo. Al bajar de su automóvil, se le acercó Gilbert, quien le agradeció que hubiese venido a su casa, porque él tenía que salir urgentemente en ese momento y Renata se había desmayado, no se encontraba bien y le agradecería que la acompañara hasta conseguir que la ama de casa, que frecuentemente iba a su hogar cuando se le requería, se apersonara en su domicilio.

—Vuelvo pronto —le dijo Gilbert a Lucién, subiéndose con mucha premura a su automóvil, luego de entregarle un juego de llaves de su hogar.

Lucién, con una ansiada preocupación, se preguntaba qué era lo que realmente pasaba, porque esta conducta de Gilbert tan vertiginosa e inapropiada, de la que ella conocía, era muy sospechosa, más cuando se le veía perturbado.

Ingresó rápidamente a la casa de Renata, encontrándola bastante desorientada y con signos de pavor en su rostro, por lo que a partir de ese momento trató de no alejarse de ella en ningún momento.

Unos minutos después, salió brevemente de la casa para informar a Jaquem, quien estaba apostado a pocos metros del lugar, que permaneciera allí por cualquier eventualidad, a lo que Jaquem asintió.

Simultáneamente, a pocas cuadras de allí, Gilbert, enfrentando un denso tráfico vehicular que no lo dejaba avanzar como él quisiera, deseaba llegar lo más pronto posible a su próximo destino. Quería reportarse con Monsieur L.

CAPÍTULO 41

En su oficina, Monsieur L estaba desde temprano dando instrucciones, recibiendo información y también impartiendo algunas órdenes, como era habitual. Frente a él estaba Armand, uno de los tantos empleados que utilizaba para sus operativos, recibiendo una doble instrucción.

—Necesito que te encargues de averiguar si Gilbert cumplió la orden que le di hace 72 horas, porque no he tenido noticias de él —fue el primer cometido que le dio a Armand—. Para eso, debes verificar *in situ*, asegurándote de que madame Renata se encuentra en su domicilio. Si así es, procura conversar con ella y, si accede, cumple la orden que está escrita en este sobre —fue el claro mensaje del jefe de la organización.

—Pierda cuidado, jefe, así lo haré —respondió servilmente Armand, agregando—. Usted tendrá noticias dentro del día de lo que me ha pedido.

—Muy bien, Armand, nos vemos en la tarde —fue la despedida de manos de Monsieur L.

—Así será —respondió Armand.

Gilbert ya había dejado atrás la enorme congestión vehicular y solo le restaban alrededor de diez cuadras para llegar a la guarida de su jefe. A medida que se aproximaba, su tensión muscular y nerviosismo iban incrementándose.

Al llegar al elevador del *hall* del edificio, donde sobresalían en un dorado brillante las palabras «Regency Club», subió por enésima vez a la oficina de Monsieur L, rodeado de personas que copaban el ascensor como suele acaecer, cada una en su universo particular. Lo único usual fueron algunos tenues saludos que se dieron por cortesía.

No cabía duda de que el universo particular de Gilbert era muy distinto al de los restantes individuos con quienes ocasionalmente compartía el ascensor.

Al salir del ascensor y adentrarse en la décima segunda planta, donde tenía su centro de operaciones la organización liderada por Monsieur L, trató de respirar profundo y controlar sus movimientos, porque estaba consciente de que psicológicamente no estaba bien y su comportamiento podría levantar sospechas entre el personal que allí cumplía funciones. Por lo tanto, hizo un esfuerzo extremo para soslayar esas circunstancias.

Al llegar, saludó como de costumbre y, a una asistente directa de su jefe, le pidió que le avisara que quería conversar con el máximo líder.

Monsieur L, al tener noticias de Gilbert, quien se encontraba en la antesala, no dudó en que se le hiciera pasar ante su presencia a la brevedad.

Gilbert entró y saludó a su jefe, quien de inmediato se puso de pie y exclamó:

—Me imagino que vienes a informarme que la orden que te di se cumplió a cabalidad como lo ordené —fue el comentario que de manera enérgica hizo Monsieur L.

—Efectivamente, la cumplí como usted me lo pidió, por eso vengo ahora a reportarle tal noticia —respondió Gilbert de inmediato, añadiendo sin perder el aliento—. Ahora vengo a cumplir la siguiente misión.

—No tengo por ahora otro encargo para ti, ni creo que lo vaya a tener —repuso Monsieur L.

En ese preciso instante, cuando estaba terminando de decir esta última frase, Gilbert, con la celeridad de un rayo, sacó del bolsillo derecho de su pantalón el arma de fuego automática que portaba y, sin pensarlo dos veces, disparó seguidamente a la cabeza y al cuerpo de Monsieur L, quien cayó abatido de inmediato, quedando su cuerpo inclinado, parte en el asiento y la otra parte en el suelo.

Su cruenta muerte era evidente.

La seguidilla de disparos alertó a todo el piso donde operaba la organización, apostándose al segundo guardias de seguridad, quienes al ver la escena dantesca, observaron a Gilbert impávido frente al cadáver del líder, a quien tomaron de rehén. Parte del personal administrativo mantuvo una posición pasiva y casi retraída, no involucrándose en la situación. La escena en el despacho de Louis, precedida de la ráfaga de tiros, cubrió de miedo a la mayoría de los empleados.

A los pocos minutos de acontecido este mortal hecho, se apersonaron policías, quienes al ver lo sucedido detuvieron a Gilbert como único implicado, para hacer las indagatorias de rigor.

Al otro extremo de la ciudad, Armand ya merodeaba el domicilio de Gilbert, actitud que alertó a Jaquem, quien estaba atento a cualquier movimiento sospechoso cercano al hogar de Renata, como se lo sugirió Lucién. Al comprobar que el sujeto que se acercaba al domicilio no era Gilbert, a quien ya ubicaba perfectamente, sigilosamente también trató de acercarse a ese lugar como un transeúnte común y corriente.

El individuo tocó el timbre de entrada y quien respondió desde el interior fue Lucién. Al escuchar que su interlocutor preguntaba por Gilbert, ella respondió que no estaba. Seguidamente,

Armand preguntó por Renata Farrell y, Lucién, suponiendo que algo raro estaba sucediendo, contestó que ella era Renata.

—Necesito conversar algunas palabras con usted en relación con su marido, que son de su interés —fueron las palabras que hilvanó en ese momento Armand, detrás del citófono exterior.

Luego de unos segundos, tranquilizando a Renata, que permanecía postrada en la cama de su dormitorio, diciéndole que nada extraño ocurría, Lucién salió al exterior para encontrarse con el individuo que buscaba a Renata. Al divisar que Lucién salía, Jaquem se agazapó detrás de un árbol, cerca de Armand, estando a espaldas de éste, a una distancia de tres metros aproximadamente.

En el momento en que se aproximaba Lucién a Armand para abrir la puerta exterior, éste último introdujo su mano izquierda en el bolsillo de su pantalón, sacando un objeto similar a un arma de fuego. Cuando Armand hizo el ademán de apuntar con un arma de fuego en el cuerpo de Lucién, convencido de que tenía al frente a Renata Farrell, Jaquem, plenamente convencido de que se trataba de un atacante que pretendía herir de muerte a Lucién, como gacela se arrimó por detrás de Armand, cogiendo la mano izquierda de éste, donde tenía empuñada el arma y, con su brazo derecho, trató de inmovilizar a Armand. Este jaló el gatillo, saliendo dos disparos que no dieron en el blanco.

El forcejeo se tornó intenso durante varios segundos, cayendo Armand al suelo sin soltar el arma. La refriega continuaba con fervor, mientras Lucién se parapetaba detrás de un arbusto. Hubo un momento en que Jaquem dominó la situación, lo que aprovechó para quitarle el arma a su contendiente y, en ese preciso momento, Armand sacó de su chaqueta otro revólver con el cual intentó poner fin a esta lucha. Pero Jaquem, usando el arma de fuego arrebatada al agresor de Lucién, sin trepidar, le disparó a quemarropa, hiriendo de muerte a Armand, producto de una herida profusa que le perforó la vena yugular.

Tendido en el suelo Armand, emergió la figura de Renata, quien al escuchar los disparos, bajó de su cama sobresaltada para averiguar lo que estaba pasando frente a su casa, percatándose de que Lucién, en un estado de nerviosismo sin igual, estaba saliendo de unos arbustos con una mirada perdida. Corrió a proteger a Renata, al mismo tiempo que se cercioraba de que el atacante había quedado abatido por Jaquem, quien permanecía en ese lugar, con signos de agitación, cansancio y de incertidumbre sobre lo que podría sucederle. A los pocos minutos, la policía parisiense se hizo presente, deteniendo a Jaquem por el homicidio que acababa de cometer.

El llanto se fundió con un abrazo profundo y extenso que se dieron Renata y Lucién por lo que personalmente habían experimentado ese día, sin entender la primera la presencia de ese joven con tez oscura que permanecía junto a ellos, toda vez que Lucién nada le había hablado de él.

Al registrar la policía las vestimentas de Armand Cossure, de 28 años, soltero, originario de Rouen, encontró un sobre abierto, con una hoja de dimensiones pequeñas que decía: «4569 mx st Renata Farrell», que durante la investigación policial se descubrió que correspondía a una jerga secreta que decía: «Si está viva, debes matar de inmediato a Renata Farrell».

Al final de este singular y dramático día, durmieron en un calabozo policial, aunque separadamente, Gilbert y Jaquem.

La reunión que habían concertado para las horas de la tarde de Monsieur L y Armand no se realizó y nunca jamás se haría.

CAPÍTULO FINAL

Renata, al oír los disparos del arma de fuego que portaba Armand, recordó con lucidez lo que había padecido en horas de la mañana. Su propio marido, su amado Gilbert, había intentado asesinarla, ignorando las razones de su comportamiento. A las pocas horas le comunicaron que Gilbert estaba detenido por la policía por haber asesinado a una persona en el lugar donde trabajaba. Menos entendía Renata todo lo que le estaba sucediendo.

Para ella, el final del año 1996 se había presentado de dulce y agraz. Nunca imaginó que después de disfrutar una Navidad maravillosa, las horas que faltaban para que un nuevo año se iniciara iba a ser todo lo contrario. Algo pudo comprender de lo que podía vincularla, fue en los primeros días del año 1997, cuando la policía le preguntó si conocía a Kadhi Sahane, respondiendo ella que era el nombre de su padre, que había fallecido cuando ella era niña.

Lucién estuvo cerca de Renata todo el tiempo posible, asistiéndola, acompañándola y preocupándose de que su embarazo continuara su curso sin grandes turbulencias. Luego de varios meses de investigación, la policía francesa desmanteló completamente la organización que lideraba Monsieur L, quien ejecutaba actividades al margen de la ley, como un tribunal de hecho, donde Gilbert era una de las piezas claves.

Fue elocuente el desmembramiento de la organización a partir de la muerte de Monsieur L, con el apresamiento de varios de sus integrantes, en especial aquellos denominados Cuervos y Buitres, que eran los más violentos. Aunque algunos negaron haber sido partícipes de ellas, las pruebas que los incriminaban fueron múltiples y contundentes, dentro de las cuales se encontraba la del mismo Jaquem. No había una segunda figura con el perfil de su jefe, salvo Gilbert, ahora enjuiciado, por lo que las cruentas actividades contra los migrantes ilegales cesaron de inmediato.

Durante todo el proceso de investigación, por la muerte de Monsieur L a manos de su mano derecha, Gilbert Nicolleux, fueron apareciendo evidencias que le permitieron, tanto a la policía como a los tribunales de París, esclarecer numerosas actividades ilícitas, muchas de ellas que pesaban más en Gilbert que en su jefe, quien muerto, ya no podía responder por sus acciones. En cambio, cada nuevo cargo en contra de Gilbert constituía una circunstancia que agravaba su situación procesal. Su padre, Paul, quien durante los primeros meses de la investigación asumió su defensa, después se desatendió al ver la abrumadora prueba que existía en contra de su hijo. Falleció de un infarto, semanas antes de que el tribunal diera su veredicto final.

Después de aproximadamente dos años de investigación, más un año de tramitación en tribunales y en la Corte de Casación de París, Gilbert fue finalmente condenado a fines del año 1999 a presidio perpetuo, no solo por la muerte de Monsieur L, sino por el intento de asesinato de su esposa Renata Farrell, por formar parte relevante de una organización criminal y por otros delitos que fueron esclarecidos. De varios de esos delitos salió inmune, porque habían sido perpetrados en territorio, donde los tribunales franceses carecían de competencia.

Sin embargo, por la incorporación de nuevos antecedentes que no fueron aportados en su oportunidad, la Corte de Casación, en el año 2002, absolvió a Gilbert del homicidio frustrado de su esposa, al comprobarse que él había sido obligado a dar muerte a Renata, bajo amenaza de ser asesinado por orden de Monsieur L, sin que el delito se consumara por decisión voluntaria del mismo Gilbert, lo que fue calificado como arrepentimiento oportuno y actuar en estado de turbación grave de su conciencia. Aunque había pruebas para castigarlo por los tratos inhumanos que propinó a Jaquem y a otros migrantes detenidos en Marsella, se le absolvió porque ese delito en particular, se había cometido en una isla donde no tenían jurisdicción los tribunales franceses.

Por el contrario, Jaquem, debido a los testimonios que obraban en su poder y a su historia de vida, aportada por Lucién y por la propia Renata, más la información proporcionada por sus compañeros y jefes de la mueblería donde Jaquem trabajó en París, fue absuelto de la muerte de Armand, por estimar que actuó en legítima defensa de Lucién. Al salir de la cárcel, el Estado francés, por el secuestro de que fue víctima en Marsella, por individuos que no se pudo identificar, más por el tiempo que permaneció privado de libertad por el homicidio de Armand, pagó a Jaquem una indemnización importante de dinero y, además, le dio la ciudadanía francesa, pudiendo con ello regular definitivamente su situación de inmigrante, con lo cual pudo obtener un trabajo regular y le permitió traer desde Afganistán a su hermana, a quien permanentemente ayudaba con reducidas remesas de francos.

La vida de Renata sufrió un cambio tan abrupto, siendo su embarazo su único deseo, que la motivaba a seguir adelante, que deseaba concluir de la mejor forma, determinándose con el paso de los meses que en sus entrañas se gestaba una niña. Le dolió conocer la doble vida de su esposo Gilbert, también se entristeció con la increíble existencia y subsistencia de su padre, quien para ella desapareció de su vida a partir de los diez años.

Por el contrario, la posibilidad latente de ser madre en un par de semanas más, como el apoyo permanente de Lucién, quien siempre se mostró una amiga leal, sincera y presente, le daban fuerza para continuar con su historia de vida, pero lejos de París. A decir verdad, creía conveniente radicarse en otro país, donde los recuerdos de su convulsionada vida fuesen más tenues.

Dejó atrás Francia apenas nació su primogenitura, a quien bautizó con el nombre de Kedhyla, en honor a su apreciada madre, quien había fallecido hacía varios años. Jaquem y Lucién fueron los testigos del bautizo, que se realizó en una pequeña iglesia de París, con muy pocos asistentes.

Cinco años después, cuando Renata fue informada de la absolución de Gilbert por el intento de homicidio en contra de su persona, como también de todos los detalles que confluyeron en esa ocasión, donde ella resultó ser víctima, porque su marido intentó acabar con su vida, pudo comprender de mejor modo la turbulenta existencia en que se vio envuelto su marido en los últimos meses de 1996, enclaustrado en una organización delictual de la cual no pudo escapar, situación que le proporcionó cierta tranquilidad, al percatarse de que nunca su amado esposo había deseado darle muerte.

A esas alturas, Renata se había trasladado a Estados Unidos a la localidad de Allentown, perteneciente al condado de Lehigh del estado de Pensilvania, donde adquirió una sencilla casa campestre, que se transformó en su mejor refugio. En más de alguna noche, cuando en sus desvelos solía correr la cortina del ventanal de su dormitorio para observar la luz de la luna, Renata añoraba aquella época, donde junto a Gilbert su vida tuvo un resplandor avasallador. Esos recuerdos se fundían con el deseo de ir a visitarlo algún día al recinto carcelario para estrecharle sus manos y presentarle a su hija, pero ese momento todavía lo visualizaba lejano.

Un día cualquiera, una alegre muchacha corría por los jardines de la casa. Se trataba de Kedhyla, quien disfrutaba feliz sus primeros años de vida, junto a su madre Renata, quien siempre estaba a su lado brindándole todo su amor. Mientras Renata se encargaba de coger algunas flores desde uno de los jardines interiores, se escuchó una voz de mujer desde el interior de la casa, quien les avisó que un exquisito almuerzo y un sabroso postre las estaba esperando en el comedor, por lo que las conminó a que acudieran lo más pronto posible.

—Vamos en un minuto —contestó Renata.

—Sí, tía Lucién, vamos ya —se escuchó decir a Kedhyla.

www.ingramcontent.com/pod-product-compliance
Lightning Source LLC
LaVergne TN
LVHW041030150826
845672LV00001B/254

* 9 7 8 6 1 2 5 1 6 0 5 2 2 *